KERMIS IN DE HEL

# Norman Silver
# Kermis in de hel

Lemniscaat ⁂ Rotterdam

STICHTING NEDERLANDSE
**KINDERJURY**
2001

© Nederlandse vertaling Anneke Koning-Corveleijn 2000
Omslag: Bas Sebus
Nederlandse rechten Lemniscaat b.v. Rotterdam 2000
ISBN 90 5637 292 0
© Norman Silver, 2000
Oorspronkelijke titel: *A Monkey's Wedding*
First published in 2000 by Faber and Faber Limited, 3 Queen Square, London WC1N 3AU

Niets uit deze uitgave mag worden verveelvoudigd en/of openbaar gemaakt door middel van druk, fotokopie, microfilm, geluidsband of op welke andere wijze ook, zonder voorafgaande schriftelijke toestemming van de uitgever.

Druk: Drukkerij Wilco b.v., Amersfoort
Bindwerk: Boekbinderij De Ruiter b.v., Zwolle

*Dit boek is gedrukt op milieuvriendelijk, chloorvrij gebleekt en verouderingsbestendig papier en geproduceerd in de Benelux waardoor onnodig en milieuverontreinigend transport is vermeden.*

# INHOUD

| | | |
|---|---|---|
| 1 | Vooraf | 7 |
| 2 | *Nkosi Sikele Afrika* (God behoede Afrika) | 9 |
| 3 | Het boerenleven | 15 |
| 4 | Valmar Court | 21 |
| 5 | Hartsvriendinnen | 30 |
| 6 | Northridge High School | 38 |
| 7 | Smeltkroes | 44 |
| 8 | Geweld | 50 |
| 9 | Bezoek | 57 |
| 10 | Vuurspuwer | 64 |
| 11 | Rode rozen | 71 |
| 12 | In koelen bloede | 76 |
| 13 | Opnieuw geboren | 84 |
| 14 | De Schorpioen | 92 |
| 15 | Peace | 99 |
| 16 | Mafketels | 105 |
| 17 | Clint Eastwood | 115 |
| 18 | Het noorden | 124 |
| 19 | De begrafenis | 130 |
| 20 | De hel van Hillbrow | 138 |
| 21 | Saamhorigheid | 148 |
| 22 | Afscheid | 153 |

# 1

## Vooraf

Een paar maanden geleden ging onze deurbel. Het was avond en toen ik opendeed, stonden meneer en mevrouw O'Connor in de deuropening, spookachtig belicht door het ganglicht. Ze leken veel ouder dan de laatste keer dat ik ze had gezien.
Toen ik ze binnenliet, kwamen er meteen een paar vliegende mieren mee. Ze fladderden wat rond in de kamer en eentje ging er op de salontafel zitten en ontdeed zich daar meteen van zijn enorme, doorzichtige vleugels.
De O'Connors gingen zwijgend op de bank zitten. Ik bood ze iets te drinken aan, maar ze wilden niets. Ze begonnen te praten en ik hoorde de pijn in hun stem.
'Is er nog iets wat je ons kunt vertellen, iets wat je niet aan de politie hebt verteld? Jij en Rebecca waren zulke goede vriendinnen.'
'Het spijt me echt,' zei ik. 'Ik wou dat ik u kon helpen. Maar ik denk dat ik alles heb verteld wat ik wist.'
'We willen alles proberen. We moeten erachter komen waar ze allemaal mee bezig was, vooral die laatste paar maanden.'
Ik had de O'Connors nog nooit met zoveel gevoel horen praten en het was moeilijk mijn eigen verdriet in bedwang te houden. Ik bleef een uur met ze zitten praten en vertelde ze hoe belangrijk hun Rebecca in mijn leven was geweest, hoeveel haar vriendschap voor me had betekend, kortom, hoe geweldig ze was.
Toen ik uitverteld was, schudden ze mij allebei de hand en bedankten me.
Maar ik voelde dat ze teleurgesteld terug naar huis gingen.

## 2

*Nkosi Sikele Afrika* (**God behoede Afrika**)

Op de dag dat Nelson Mandela president van het nieuwe Zuid-Afrika werd, waren mijn drie vriendinnen en ik, net als bijna iedereen in het land, heel erg opgewonden. Onze tienertijd begon net en dat leek al avontuurlijk genoeg. Maar om die leeftijd te bereiken op het moment dat de oude blanke overheersing afbrokkelde en een nieuw tijdperk begon! Het leek net of het leven zelf ons met open armen ontving en ons aanmoedigde om vooral te genieten.
In de jaren die voorafgingen aan de eerste, vrije verkiezingen was er een groeiend gevoel van optimisme in Joburg, zoals wij Johannesburg altijd noemden, en vooral in Yeoville, het gedeelte van de stad waar wij woonden. Mensen die apart waren gehouden door starre wetten, hadden plotseling de vrijheid met elkaar op te trekken. Iedereen keek altijd naar mij en mijn vriendinnen in de tijd dat we samen opgroeiden en zei dan: 'Kijk, dat is het nieuwe Zuid-Afrika!', want Thuli was zwart, Rebecca was een kleurlinge, Jay was Indiasc en ik was blank.
We konden haast niet wachten tot die avond het feest zou beginnen dat de ouders van Thuli hadden georganiseerd en waarvoor we allemaal waren uitgenodigd. We deden praktisch alles altijd met zijn vieren in de meer dan vier jaar die we op dat moment bevriend waren. Het was voor ons of het nooit anders was geweest. Thuli's ouders hadden hun mooie meubels uit de voorkamer gezet

voor het feest en ballonnen en slingers opgehangen. Hun flat was trouwens in hetzelfde gebouw als de onze, maar op een andere verdieping. Samen met hun dienstmeisje had de moeder van Thuli allemaal hapjes klaargemaakt die mooi op borden en schalen lagen uitgestald.

Die dag van de inhuldiging was ook een gedenkwaardige dag voor ons gezin. Net als miljoenen andere mensen keken we naar de plechtigheid op de televisie. Op het moment dat Mandela het podium opstapte, begon mijn moeder in haar handen te klappen en te juichen. Die feeststemming werkte aanstekelijk. Mijn overactieve broertje Eric pikte het ook op en danste door de kamer; over de stoelen heen, onder de tafel door en ik weet zeker dat hij aan de lamp was gaan hangen als hij erbij had gekund. Nico, mijn oudere broer, was ook thuis en vierde het met een blikje bier. Hij moet toen zeventien zijn geweest. Ik was dol op hem. Hij was zo cool. En niet alleen omdat hij zijn hoofd kaal had laten scheren!

'Hé, Elektrische Eric, doorgedraaide robot!' zei Nico tegen hem. 'Zet jezelf eens even uit!'

Mandela begon te spreken.

'Uit een buitengewone, menselijke ramp die te lang heeft geduurd moet een gemeenschap ontstaan waar de hele mensheid trots op zal zijn.'

Buiten, drie verdiepingen lager, op Isipingo Street, werd het gejuich versterkt door toeterende auto's.

We luisterden allemaal naar de nieuwe president.

'Uit de dagelijkse behoeften van ons, gewone Zuid-Afrikanen, moet een Zuid-Afrikaanse werkelijkheid ontstaan die het geloof van de mensheid in rechtvaardigheid zal versterken, het vertrouwen van de mensheid in de nobelheid van de menselijke ziel zal doen toenemen en al onze hoop op een glorieus leven voor alle mensen kracht bij zal zetten.'

'Glorieus leven? Wat weet hij er nou van? Die man is een klootzak, dat kan ik je wel vertellen.'
Dat commentaar kwam van mijn vader, die onderuitgezakt op de bank zat met een glas cognac in zijn hand.
'Binnen een jaar tijd is dit land naar de kloten,' klaagde hij. 'Nee, wat zeg ik, een half jaar. Ik geef die man een half jaar. Ze hadden hem achter de tralies moeten laten zitten.'
'Hou je mond, Dirk!' zei mijn moeder.
'En wat gaat er met de blanken gebeuren? Onder de voet gelopen. We zullen een nieuwe Trek moeten beginnen. Ergens in Afrika helemaal opnieuw beginnen. Wij hebben dit land opgebouwd...'
'Hou je mond!' gilde mijn moeder tegen hem. 'Ik hoor niks meer door dat gescheld en gezeur van jou.'
'Ik ben dit verdomde land helemaal zat,' schreeuwde mijn vader. 'En jullie erbij. Ik word ziek van jullie gejuich voor die zwarten.'
Mijn vader kwam uit een echt Voortrekkersgeslacht, zoals hij ons maar al te graag vertelde. Zijn betovergrootvader was een van de pioniers van de Trek van de Kaap naar Natal in 1836 en heeft in alle oorlogen tegen de zwarte stammen gevochten. Mijn vader vond dat prachtig. Eigenlijk stond helemaal niet vast wat zijn voorouders bereikt hadden. Maar hij stelde zich zo voor dat ze allemaal helden waren geweest, die de woeste horden die door het land trokken, hadden weggevaagd. Geen wonder dat hij de gedachte dat een zwarte man hem zou zeggen wat hij moest doen, niet kon verdragen.
'Jullie verraden je eigen volk!' schreeuwde hij.
Het deed me pijn mijn eigen vader zo tegen ons te horen schreeuwen. Ik was altijd weer vreselijk van streek als Ma en hij ruzie begonnen te maken. Ik had er graag op de een of andere manier tussen willen komen, mijn armen om zijn hals willen slaan, zoals ik deed toen ik klein was, zodat hij me op kon tillen en tegen me zou zeggen dat ik het liefste meisje van de wereld was. Maar als Pa

zo'n bui had, kon niets hem meer tegenhouden. Plotseling stond hij achter de televisie en trok de stekker eruit.
'Doe hem er weer in!' gilde mijn moeder. 'Nico, wil je alsjeblieft de stekker er weer in steken. Je vader gedraagt zich als een baviaan.'
Nico stond lui op en liep op zijn gemak naar de stekker toe.
Het scherm kwam weer tot leven. Mandela's rustige stem klonk weer in onze flat in Yeoville.
'... We zetten ons in om een volledige, rechtvaardige en eeuwige vrede op te bouwen. We hebben gewonnen en zijn erin geslaagd weer hoop tot leven te wekken in de harten van miljoenen mensen.'
Nico kwam vanachter de tv vandaan en liep rustig terug naar de bank. Midden op het ovale groene kleed met de witte franje keek hij mijn vader recht in de ogen.
'Hoe durf je dat ding zomaar weer aan te zetten!' schreeuwde Pa.
'Hier wordt geschiedenis gemaakt,' legde Nico kalm uit, 'en Ma wil het graag zien!'
Mijn vaders ogen schoten vuur.
'We gaan een overeenkomst aan,' ging Mandela verder, 'dat we aan een gemeenschap zullen bouwen waarin alle Zuid-Afrikanen, zowel blank als zwart, weer fier rechtop kunnen lopen, zonder angst, verzekerd van hun onvervreemdbare recht op menselijke waardigheid – een regenboognatie die vrede heeft met zichzelf en met de hele wereld.'
Het gezicht van mijn vader was vertrokken van woede en bitterheid. Hij heeft Nico nooit aangekund. Met een plotselinge beweging draaide hij zich naar de tv en schopte tegen het scherm. Hij hoopte waarschijnlijk dat het scherm helemaal uit elkaar zou spatten en dat een in duizend stukjes gebroken Mandela door de kamer zou vliegen, waarmee dan voor eens en altijd een einde zou komen aan Mandela en zijn ANC-regering.
Dat gebeurde niet! Het scherm bleef heel. Maar het toestel sloeg

wel achterover en klapte van het tafeltje. Er klonk een krakend geluid toen het op de vloer neerkwam en deze keer was het beeld voor altijd verdwenen.
De tranen sprongen mijn moeder in de ogen.
'Je maakt dit gezin kapot, Dirk. Waarom doe je niet eens wat aan jezelf, man?'
Eric sprong op en neer en schreeuwde dat hij niet meer naar tekenfilms kon kijken. Nico stak een gebalde vuist omhoog en zong de eerste woorden van het volkslied, de enige woorden die hij kende '*Nkosi sikele Afrika*'! Hij wist dat hij Pa ermee op de kast kon krijgen en dat gebeurde ook.
Mijn vader draaide zich om en stormde de voordeur uit. Nico raapte de tv op, maar die deed niks meer. Ik zat daar en voelde me zo ellendig. De hele middag was naar de knoppen. Wat erger was, ons gezin was naar de knoppen. Pa was al vaker de deur uit gestormd, maar deze keer was het anders.
We wachtten en wachtten tot hij terugkwam. Anders kwam hij meestal na een paar uur terug en hoewel hij dan vaak stil was en in een slecht humeur, praatte hij uiteindelijk wel weer. Maar het werd avond en hij was nog steeds in geen velden of wegen te bekennen.
'Reena, ga jij nou maar naar dat feest,' zei mijn moeder tegen mij. 'Dit mag jouw plezier niet bederven.'
Ik kleedde me om en liep het hele eind, die ene trap af, naar Thuli's huis. Iedereen daar was zo blij. Ze wensten elkaar geluk en prezen Mandela om de mooie woorden die hij had gesproken.
Ik probeerde met mijn vriendinnen mee te doen. We kregen allemaal een half glaasje champagne. Thuli liet ons onze glazen tegen elkaar klinken en toasten op de nieuwe natie. Het was zo'n lekker gevoel die tinteling op je tong, dat Rebecca later stiekem nog wat meer champagne voor ons regelde. Jay deed net of ze dronken was, stommelde onvast rond en praatte een beetje met dubbele tong,

waardoor we alle vier de slappe lach kregen en we even een andere kamer in moesten om weer een beetje bij te komen. We gingen ons vervolgens met zijn vieren helemaal te buiten aan hapjes en chips en dansten tot diep in de nacht en toen moest ik naar huis. Maar de hele tijd op het feest, maakte ik me ook zorgen om thuis. Toen ik thuiskwam, was er nog steeds taal noch teken van Pa. Zelfs Nico maakte zich zorgen om hem. Waar zat-ie?
De volgende ochtend kwam Pa opdagen met een wazige blik van te weinig slaap in zijn ogen en een kater van te veel drank. Binnen een paar minuten hadden hij en Ma weer schreeuwende ruzie. Ze konden het al jaren niet goed meer met elkaar vinden. Het was niet te harden. Was er maar een manier te bedenken waarop ze elkaar weer aardig zouden gaan vinden. Maar ik wist dat dat nooit meer zou gebeuren.
'Ik kan niet meer met jou in één huis wonen!' schreeuwde mijn vader.
Ma snikte. Ik kon haar horen. Toen liep Pa naar de slaapkamer en begon wat kleren te pakken. Ik liep de kamer binnen en vroeg hem niet weg te gaan, maar hij werkte me de kamer uit. Ik zag dat hij gewoon maar wat kleren in de koffer gooide, zonder ze op te vouwen. Toen liep Ma hun slaapkamer binnen en zei tegen hem dat hij niet zo gek moest doen. Hij hoefde niet weg te gaan. Ze smeekte hem om voor de kinderen te blijven.
Maar Pa had een beslissing genomen. Hij deed zijn koffer dicht, draaide zich om en zei tegen Ma: 'Op een dag heb je hier spijt van!' Toen hij de slaapkamer uitkwam, rende Eric op hem af. 'Pa, mag ik op je rug?'
'Nu niet!' zei hij. Toen hoorde ik de voordeur dichtslaan. Pa was weg. Hij had niemand van ons zelfs maar gedag gezegd.

## 3

## Het boerenleven

De oostelijke Transvaal, waar we woonden voor we naar Yeoville verhuisden, was een paradijs op aarde. Tegenwoordig heet het Mpumalanga, wat 'waar de zon opkomt' betekent. Het was er zo mooi. Mijn vader was toen boer. Hij verbouwde sojabonen en maïs en onze boerderij lag tussen de heuvels. De kippen scharrelden rond op het achtererf en we hadden een geit die Mimi heette. Soms kwamen er bavianen op ons land en die liepen dan tussen de maïs door als soldaten door de jungle in van die oude oorlogsfilms. Ze kwamen tot vlak bij onze achterdeur en keken de vuilnisbakken na. Ik herinner me dat Nico me een keer riep en zei dat ik zachtjes bij het keukenraam moest komen kijken. Ik kon nog net het achtereind van een baviaan zien dat uit de vuilnisbak stak. Dat was zo'n grappig gezicht. Nico en ik lagen helemaal dubbel.

Op die boerderij hadden we ook een waterbekken waar reigers de hele dag stonden te vissen, de hamerkop in de wilg zat en Nico en ik met onze vriendjes Elise en Jaap van de naburige boerderij speelden. Nico was de oudste. Hij nam ons altijd mee op 'safari' door de jungle en de woestijn, wat eigenlijk alleen maar het onbebouwde stuk grond achter de schuur was. Hij nam de verrekijker van mijn vader mee in de zwarte leren koker en deed net of hij olifanten zag in het hoge gras.

'Er loopt daar een hele kudde, met een enorme mannetjesolifant voorop en ze komen onze richting uit. Vlug, we kunnen beter achter die bomen gaan staan!'

Verder herinner ik me niet zoveel van de boerderij, want we gingen er weg toen ik zes was. Wat ik me wel herinner, is dat ik daar een zorgeloos leventje had. Je kon lopen waar je wilde, er was een heleboel ruimte om te spelen, de huisdeur stond altijd open zodat we in en uit konden lopen wanneer we maar wilden. Pa werkte ergens op de velden en Ma zat meestal binnen te naaien (toen verdiende ze nog niet haar brood met het naaien, maar ze naaide veel kleren voor ons en voor familie en vrienden).

In het begin ging alleen Nico iedere ochtend naar school met een bus die bij het hek van onze boerderij stopte. Later nam ook ik die bus om naar mijn eerste school te gaan. Ik vond het niet eng om naar school te gaan, want mijn grote broer Nico was er immers ook en hij zorgde voor me. Hij was heel erg populair bij de andere kinderen, maar niet bij de leraren, want ook toen kwam hij al vaak in opstand. Na school gingen we samen naar huis. Vaak kwamen Jaap en Elise dan bij ons spelen. Nico speelde meestal met Jaap, die maar een jaar jonger was dan hij. Maar soms liet hij ons meisjes ook meespelen.

Nico was heel goed in vliegers maken – prachtige, zeskantige vliegers met drie houten verbindingsstukken. Die vliegers waren schitterend van kleur: oranje, groen en dieprood. Ze hadden een enorme staart, gemaakt van verfrommeld papier of kleurige restjes stof. Hij gebruikte altijd een speelkaart, een heer, vrouw of boer, die hij in de vorm van een hart of een ster knipte en aan het papier vastmaakte op het punt waar het touw erdoor kwam.

Hij vroeg een van ons altijd om de vlieger omhoog te houden in de wind. Dan trok hij aan het touw en de vlieger sprong omhoog, de lucht in, zijn staart zwierend erachteraan. Hij had wel zes bolletjes touw om een stuk bezemsteel gewikkeld en hij liet de vlieger heel hoog gaan. Ik denk dat de buizerds, adelaars en gieren om die vlieger heen moesten en volgens mij moet zelfs de Zuid-Afrikaanse vliegtuigmaatschappij South African Airways zijn vliegers op hun radar hebben gezien. Soms schreef hij berichtjes op stukjes papier en stuurde die via het touw naar boven en we keken dan allemaal toe hoe zo'n berichtje hortend en stotend omhoog ging, tot helemaal bovenaan. Ik kan me niet meer herinneren wat voor berichtjes het waren, maar één ding weet ik wel zeker: de spelling klopte niet, want Nico was vreselijk slecht op school, zelfs toen al. Maar wat deed het ertoe hoeveel spelfouten er in die berichtjes stonden? Niemand daarboven heeft ze ooit gelezen.

Ik aanbad Nico toen. Hij had altijd een zwak voor mij en hield me in de gaten. Hij was degene die me opvrolijkte als ik mijn knieën schaafde of een splinter had. En dan deed hij er zoveel jodium op dat ik dagen later nog steeds een rode plek had zodat iedereen kon zien hoe dapper ik was geweest.

Maar op een dag deed hij nog veel meer dan een wond verzorgen. Bongi en ik waren met klei aan het spelen die we uit de oever van het waterbekken haalden. Bongi was het dochtertje van ons dienstmeisje. We maakten beesten van de klei, katten, slangen, schildpadden en zo, die we dan in de zon lieten drogen. Ik haalde net nog wat klei toen ik plotseling uitgleed en de oever afrolde, het diepste gedeelte van het waterbekken in.

Bongi schreeuwde zo hard ze kon. Ik spartelde wat rond en probeerde zo boven water te blijven. Het water was modderig en ik kreeg een heleboel naar binnen. Nico zat op dat moment op zijn kamer, maar hoorde Bongi door het open raam schreeuwen. Hij rende het huis uit, naar het waterbekken toe, sprong het water in en haalde me eruit. Hij was toen pas elf, maar hij legde me op mijn buik op de grond, zodat het water uit mijn neus en mond kon lopen. Daarna sloeg hij op mijn rug tot ik ging hoesten en de rest van het water uitspuugde.

Mijn enige herinnering aan die gebeurtenis is dat ik een helder oranje licht op het water zag schijnen in prachtige vormen, als in een caleidoscoop. Ik kan dat het beste beschrijven als een kring oranje vlinders die gelijktijdige bewegingen maken, zoals die kunstzwemsters op de Olympische Spelen. Het was fascinerend en ik kan me niet herinneren dat ik bang was.

'Gaat het weer, Reena?' vroeg Nico bezorgd.

Het vreemde is dat mijn vader tegen Nico begon te schreeuwen om wat er was gebeurd.

'Waarom was ze bij het waterbekken met Bongi? Ik heb al honderd keer gezegd dat ze niet met die ellendige kinderen moet spelen. Jij had bij haar bij het waterbekken moeten zijn, dan was het nooit gebeurd!'

Mijn vader heeft Nico nooit bedankt dat hij me uit het water had gehaald. Hij schreeuwde alleen maar tegen hem, zoals altijd. Hij maakte een hoop lawaai, maar Nico rende zijn kamer in en deed de deur dicht, zoals altijd.

Nu ik erover nadenk, was die boerderij het paradijs voor mij, maar als ik erop had gelet, had ik gezien dat de slang wel al aan het werk was. De ruzies tussen Nico en mijn vader verstoorden soms mijn mooie, pure kindertijd. Die twee leken net honden die even naar elkaar keken en dan zomaar begonnen te grommen.

Mijn vader was wel lief voor mij. Een van mijn vroegste herinneringen is dat mijn vader voor me zong net voor ik in slaap viel:

'*Slaap gerus*
*Droom en blus*
*En stem vir die Nasionale Party.*'

Ik vond dat slaapliedje altijd zo mooi. Ik wist dat het betekende dat ik moest gaan slapen en dat ik mooi zou dromen. Pas jaren later realiseerde ik me dat die laatste regel me aanspoorde op de National Party te stemmen, lang voordat ik mocht stemmen!

Wat ik me wel heel duidelijk van Mpumalanga herinner, is dat Eric werd geboren. Ik was bij Ma op het bezoekuur in het Nelspruit Ziekenhuis. Alle andere pasgeboren baby's lagen in hun moeders armen en zogen tevreden aan een tepel. Eric was heel anders: hij schreeuwde zijn longetjes uit zijn lijf en maaide als een vogelverschrikker in de wind met zijn armpjes in de lucht.

Toen hij thuiskwam, ging het niet veel anders. Hij sliep weinig 's nachts. Ma was vaak de hele nacht op en probeerde hem in slaap te zingen, maar dat hielp allemaal niet. Het leek wel of hij minder slaap nodig had dan wij. En hij was zo enorm actief overdag! Hij kon al kruipen voor hij ook maar iets anders kon en je moest hem scherp in de gaten houden, want hij stopte alles in zijn mond: schoenen, stenen, modder, glas, slakken. Je kon het zo gek niet bedenken of hij probeerde het in zijn mond te stoppen.

Nadat Eric was geboren, was Ma snel lichtgeraakt en zij en Pa hadden vaak ruzie. Toentertijd wist ik het niet, maar nu weet ik dat mijn vader absoluut geen goede boer was. Hij komt dan misschien wel uit een geslacht van landbouwkundigen, maar die zijn niet gul geweest met hun genen. Hij had ze in ieder geval niet. Eigenlijk wilde hij altijd al politieman worden, maar hij werd niet aangenomen. Boer zijn was maar een tweede keus, een experiment dat langzamerhand duidelijk begon te mislukken. Pa was zo ontzettend bang om failliet te gaan; hij schaamde zich dood. Hij bleef maar zeuren en doorgaan tegen Ma over droogte en sprinkhanen en pech, maar zij wilde van geen smoesjes horen.

Uiteindelijk barstte de bom. Mijn moeder vertelde het me op een gegeven moment.

'Reena,' zei ze plechtig, 'we gaan de boerderij verkopen en naar Joburg verhuizen.'

Mijn hart ging als een razende tekeer. Ik wilde blijven waar we waren. Het klonk zo griezelig, verhuizen naar de grote stad, waar we niemand kenden.

De dag van de verhuizing was voor mij een verdrietige dag. Niet alleen omdat ik van mijn school af moest en niet alleen omdat ik afscheid moest nemen van Elise en Jaap en Bongi; maar ook omdat ik de weilanden niet meer zou zien, of het waterbekken en de bavianen die onze vuilnisbak leeg kwamen roven.
De grote vrachtwagen reed het erf op om onze meubels mee te nemen. Binnen een paar uur was de boerderij bijna helemaal leeg. Het moest spannend zijn om naar de grote stad te verhuizen. Maar waarschijnlijk had ik de stemming van moeder overgenomen, want bij haar rolden de tranen over haar wangen.
Plotseling hoorde ik mijn vader schreeuwen.
'Kijk nou eens naar die verdomde verrekijker! Er zit een barst in de ene lens! Waar is Nico? Nico! Kom onmiddellijk hier! Heb jij dit kapot gemaakt? Niet liegen, jongen. Heb jij dit kapot gemaakt? Ik zei: niet liegen! Jij bent de enige hier die die verrekijker gebruikt. Heb – jij – dit – kapotgemaakt? Niet liegen, jongen!'
Het volgende moment zag ik mijn vader zijn hand opheffen en Nico een klap geven. Ma probeerde tussenbeide te komen maar Pa duwde haar ruw opzij. Hij reageerde zijn hele gevoel van mislukt te zijn af op mijn arme broer en Ma kon er niets tegen doen. Nico had zelfs geen kamer meer om naartoe te rennen. Hij keek Pa alleen maar woest aan. Pa duwde hem het huis uit, de auto in. Ma en Eric stapten ook in. Ik zat naast Nico, maar wist niet hoe ik hem kon bereiken. Pa deed de voordeur van het huis dicht.
Hij trapte het gaspedaal in en weg waren we.
We waren halverwege Joburg voor er iemand zijn mond opendeed. Maar toen werd alles weer normaal en hebben we de rest van de weg liedjes gezongen tot we Joburg zagen met die enorme wolkenkrabbers en bergen mijnafval.

# 4

## Valmar Court

Ik neem aan dat de naam Valmar Court afkomstig is van de twee kinderen van de oorspronkelijke eigenaar. Valerie en Martin, of Marvin, Margaret, Martha, Marilyn. Maar dat was jaren geleden en de namen van de kinderen van de huidige eigenaar waren Stewart en Patricia, dus het verbaasde me dat hij er geen andere naam aan gaf, Stewpat Court of zo. Valmar Court lag op de hoek van een weg die naar de top van een van de hoogste heuvels in Joburg liep. Van daaruit kon je over Yeoville uitkijken en over alle, netjes verspreid liggende, flatgebouwtjes en huisjes. Langs de wegen stonden palissanderbomen of platanen met hier en daar wat palmbomen, wilde bananenbomen, cactussen en paarse bougainville. Voorbij Yeoville kon je nog net Berea zien en daarachter de hoge flatgebouwen van Hillbrow. De bekende Hillbrow Tower torent majestueus overal bovenuit.

Toen we pas naar Valmar Court waren verhuisd, hadden we aan beide kanten joodse buren. Aan de ene kant een echtpaar waarvan de man onlangs was gepensioneerd. De man was slechtziend, maar zijn vrouw was heel vrolijk. Ze waren erg stil, je merkte nauwelijks dat ze er waren. Ze waren zelfs zo stil dat toen mijn moeder op een middag de buurvrouw tegenkwam en beleefd vroeg hoe het met haar en haar man ging, mevrouw Rubin antwoordde: 'Hij is weg, ik ben nu alleen.'

'Echt waar?' zei mijn moeder. 'Komt hij niet terug?'

'Ach, liefje, daar waar hij heen is gegaan, kun je alleen enkele reis heen.'

Mijn moeder begreep toen dat de oude man was gestorven.

'Hij is een maand geleden overleden,' legde de vrouw uit. Wij hadden het niet eens gemerkt.

Zo stil waren ze. Naast ons, aan de andere kant, woonde een gezin met drie jongetjes die alle drie een keppeltje droegen en voor dag en dauw opstonden om ergens vlakbij te gaan bidden en dan gingen ze 's avonds nog eens ergens anders bidden. Op vrijdagavond, op zaterdag en op joodse feestdagen, hadden ze een pak aan en gingen naar hun synagoge. Ze waren allemaal heel beleefd tegen ons en zeiden goedemorgen en goedemiddag als ze ons zagen. Ik neem aan dat wij ook beleefd tegen hen waren, hoewel Pa achter de gesloten deur van onze flat de meest hatelijke opmerkingen maakte over die 'joodse rotzakken hiernaast, die zo heilig waren dat ze bepaalde lichaamshandelingen niet meer hoefden te verrichten.' Hij zei ook nogal specifiek welke, maar ik zal jullie de details besparen.

Verder waren de meeste andere bewoners van Valmar Court blanke gezinnen. De meesten spraken Engels, maar er was nog een ander gezin dat Afrikaans sprak, net als wij. Mijn moeder kende ze en ging er soms koffie drinken.

In een van de flats boven ons woonde een jonge vrouw die op het conservatorium zat. Ze had een hoge gil-stem die door alle muren en vloeren van onze flat heendrong als ze aria's uit verschillende opera's oefende.

'Iemand zou die madame Butterfly eens de nek om moeten draaien,' zei Pa dan. 'Ze is nog erger dan Wekker.'

Wekker was een van de hanen op onze boerderij. Hij wekte ons iedere ochtend met zijn hanengekraai. Ik had het altijd een heerlijk geluid gevonden om bij wakker te worden en ik vond het niet eerlijk dat mijn vader dat afschuwelijke geschreeuw boven ons vergeleek met het vrolijke geluid dat Wekker altijd maakte. Sommige gezinnen die in Valmar Court woonden, hadden jonge kinderen van mijn leeftijd, maar ik zag ze niet vaak genoeg om ze te leren kennen. In de hoekflat woonde de huisbaas met zijn vrouw en hun twee kinderen. Maar die mochten met niemand in het gebouw praten. Het was een omhooggevallen gezin dat het nogal hoog in de bol had. Ze kochten om het jaar een nieuwe Ford. Zodra mijn vader dat zag, zei hij altijd weer hetzelfde: 'Ik zie dat de huisbaas van onze huur weer een sjieke auto heeft gekocht.'

Behalve de blanke gezinnen waren er nog drie Aziatische gezinnen die er een paar jaar voor ons waren komen wonen. Mijn vader was niet erg blij met die Aziatische gezinnen in het gebouw, zelfs al woonden ze er eerder dan wij en hadden wij kunnen kiezen om niet in Valmar Court te gaan wonen. Maar dit was het beste huis dat mijn vader voor ons had kunnen vinden, want door het mislukken van de boerderij had hij grote schulden. Dus het enige dat hij kon doen, was klagen over de gekruide kookluchtjes en stomme grappen maken over vrouwen die in tafelkleden gekleed waren.

Waar mijn vader vooral de pest over in had, was dat mijn moeder bevriend raakte met Ramilla, een van de Indiase vrouwen. Ze was naaister van beroep en toen ze hoorde dat mijn moeder goed kon naaien, begon ze haar werk met Ma te delen, want bij Ramilla's flat liep altijd een constante stroom klanten in en uit.

Mijn moeder waardeerde dat enorm. Ze kon heel goed met Ramilla opschieten. Ramilla wist alles van iedereen en mijn moeder had haar graag om zich heen. Het duurde niet lang of mijn moeder naaide het grootste gedeelte van de dag. Dat betekende dat ze extra inkomsten inbracht, wat heel goed uitkwam. Maar mijn vader zag het vol afschuw aan. Het was de eerste keer in de geschiedenis van de familie Potgieter, zo zei hij, dat een van onze vrouwen voor een Indiase vrouw moest werken. Maar het kon Ma niets schelen.

Ramilla was haar werkpartner en haar beste vriendin, ook al droeg ze een sari.

Mijn vaders grootste angst over Valmar Court kwam uit toen er een zwart gezin kwam wonen. Mijn vader ging bij de huisbaas klagen.

'Hoe kun je ons dit aandoen? Een inferieur iemand hier laten wonen?'

De huisbaas wees mijn vader erop dat er al jarenlang zwarte gezinnen in andere flatgebouwen in Yeoville woonden en dat mijn vader zich sowieso geen zorgen hoefde te maken, want dit zwarte gezin was een zeer fatsoenlijk gezin. Meneer Lekhele werkte bij een bank en zijn vrouw werkte in een restaurant. Hoe dan ook, ging de huisbaas verder, het oude Zuid-Afrika was op sterven na dood, Mandela zou spoedig de nieuwe president zijn en mijn vader kon er maar beter aan wennen.

Een paar maanden later verhuisde de huisbaas met zijn gezin naar het noorden. We hoorden dat ze een sjiek huis hadden gekocht vlakbij Sandton City. En er kwam een ander zwart gezin in de hoekflat wonen waarin zij hadden gewoond.

'Hij heeft van dit flatgebouw een sloppenwijk uit de derde wereld gemaakt en nu verhuist hij zelf,' klaagde mijn vader, 'en laat ons hier achter in deze omstandigheden.'

Maar de komst van de familie Lekhele bleek een van die voorbeschikte gebeurtenissen van mijn leven te zijn, want hun dochter Thuli ging naar dezelfde basisschool als ik, de Berea Primary. En dus gingen wij samen lopend naar school en zo begon een vriendschap die onze hele lagere en middelbare schooltijd in stand bleef. Het was fantastisch voor mij om een vriendin te hebben in Valmar Court. Ik vond het heerlijk om naar haar huis te gaan. Het was daar zo anders dan bij ons. Je kon nauwelijks geloven dat die flats allebei in hetzelfde gebouw waren. De ouders van Thuli maakten veel werk van hun huis. Hun flat was pas geschilderd, er stonden planten in iedere kamer en het meubilair leek opnieuw te zijn bekleed. Hun dienstmeisje hield alles brandschoon. Wij konden ons geen dienstmeisje veroorloven, dus we moesten zelf het huishouden doen. Ma was trouwens helemaal niet zo netjes en dat beviel me best.

Thuli's ouders pasten goed bij elkaar. Ze zaten samen op de bank naar een film op de televisie te kijken of aan tafel te kaarten. Het was zo'n tegenstelling vergeleken bij ons thuis, waar mijn vader altijd een rothumeur had. Mijn vader had heel veel moeite gedaan om een baan te vinden en kreeg uiteindelijk werk bij de spoorwegen. Hoewel hij blij was dat hij een baan had waarbij hij een uniform aan moest, verdiende hij niet veel en kon daardoor zijn enorme schulden niet afbetalen. Die hele verhuizing naar Yeoville was een grote teleurstelling voor hem. Daardoor was hij altijd chagrijnig en zat hij op mijn moeder te vitten over van alles en nog wat.

Thuli's ouders maakten lange werkdagen en door de diensten die haar moeder draaide, zagen ze elkaar niet veel, maar toch werd daar nauwelijks iets lelijks tegen elkaar of over elkaar gezegd. Ik heb altijd het idee gehad dat dat de reden was waarom Thuli en haar oudere zus Bobo zo gelijkmatig van humeur waren, met zachte stem praatten en zulke goede manieren hadden.

Via Thuli ontmoette ik de andere meisjes die zo'n belangrijke rol in mijn leven zouden gaan spelen: Jaymini Sharma en Rebecca O'Connor. Ik leerde ze in de eerste klas kennen (groep drie tegenwoordig) en we gingen met zijn vieren spelen, in en buiten schooltijd. We ontdekten dat we alle vier heel dicht bij elkaar woonden in Yeoville. Jay woonde in het flatgebouw Devon Heights, schuin tegenover onze flat en Rebecca woonde net om de hoek in een oud huis met een enorme veranda. We wachtten iedere ochtend op elkaar voor het gebouw waar Jay woonde en liepen samen naar school. Na schooltijd liepen we ook weer samen terug en speelden 's middags met elkaar.

Ook toen al was Rebecca de leider van de groep. Zij was altijd degene met de ideeën. Zij bedacht dingen om te doen, plaatsen om heen te gaan, grapjes die we met mensen konden uithalen. Ze zat vol ideeën en ik vond het al opwindend om gewoon met haar op te trekken. En Jay en Thuli voelden dat precies zo. Meestal vonden we het best om te doen wat Rebecca had bedacht. Jay was haar meest volmaakte volgelinge. Ze was de kleinste van ons, maar ze was echt leuk en had een enorm aanstekelijke giechel. Ze was zo'n kletskous dat als er een prijs zou zijn geweest voor fluisteren in de klas, ze die ieder jaar gewonnen zou hebben. Ze vond het niet erg het hulpje van Rebecca te zijn, want ze vond het heerlijk als Rebecca haar bedankte of haar prees.

Een van de eerste dingen die Rebecca voor ons bedacht, was een club. Ze noemde ons 'Raisins to the Rescue', door die advertentie waarin stond dat je sterk werd als je *raisins*, rozijnen, at. Op de bovenste verdieping van het flatgebouw van Jay maakten we een hok van kartonnen dozen, oude stoelen en een stuk golfplaat dat we hadden gevonden. Het was onze schuilplaats, onze verstopplek en we aten daar altijd onze rozijnen op en sprongen er rond om te laten zien hoe sterk we waren. We zagen onszelf als de nieuwe generatie speurneuzen en we zouden geheimen en misdaden gaan oplossen. We hadden alle vier een doosje rozijnen op zak om ons kracht te geven als we dat opeens nodig hadden. Rebecca was natuurlijk de baas en ze stuurde ons op verschillende missies uit. Op een dag stuurde ze Jay en mij naar de flat van een jongen die de gewoonte had om op school aan het haar van de meisjes te trekken. We moesten een briefje onder zijn deur schuiven dat Rebecca had geschreven. Er stond op: 'Je bent een pestkop, Trevor, en als je er niet mee ophoudt, bellen we de politie.' Onder het briefje stond 'Raisins to the Rescue'. Eigenlijk wilde Rebecca Trevor oppakken en hem een koekje van eigen deeg geven, maar Thuli had zich ermee bemoeid. Dat deed ze wel vaker als Rebecca's plannen uit de hand dreigden te lopen. Thuli stelde voor een briefje te sturen.

Soms patrouilleerden we in het park vlakbij. Vier speurders die erop toezagen dat niemand een misdrijf beging. Maar het enige misdrijf dat we ooit ontdekten, geloof ik, was iemand die haar lege chipszakje op het gras gooide. We sprongen er bovenop en zeiden streng tegen haar dat ze het op moest rapen en in de afvalbak moest gooien, maar ze liep gewoon weg en lachte ons uit.

Toch heeft Raisins to the Rescue een keer een reddingsoperatie uitgevoerd. Dat wil zeggen, onze leider, Rebecca, redde iemand. Schuin tegenover Rebecca's huis stond een huis met een bruine, stenen muur van ongeveer anderhalve meter hoog. Boven op die muur hadden de eigenaars prikkeldraad gezet. Om het terrein op te komen, moest je door een zware, ijzeren poort. De eigenaar, die door iedereen gewoon Herrold werd genoemd, had twee honden: Bul en Bul Junior. Bul was een enorme, sterke, bastaard jachthond met een goudkleurige vacht en hoewel hij al wat ouder was, was het nog steeds een beest waar je liever een blokje voor omliep. Als hij rechtop tegen de muur stond en tegen voorbijgangers blafte, vielen ze bijna flauw van angst. Maar Bul Junior was nog groter en dreigender dan zijn vader. Hij had geen problemen met de muur, het prikkeldraad of de elektrische draad. Hij wist een plek waar hij in twee soepele bewegingen op de muur kon springen en vervolgens over het prikkeldraad.

Meestal belden de buren Herrold op om te zeggen dat Bul Junior weer losgebroken was en als Herrold niet thuis was, belden ze Herrolds broer die in Ciryldene woonde. Herrolds broer was nooit echt blij met die klus, omdat Bul Junior niet zo dol op hem was en het hem knap lastig maakte. Maar meestal lukte het Herrolds broer wel om Bul Junior terug te krijgen door met een lange stok te zwaaien die hij voor zulke gelegenheden in zijn *bakkie*, zijn pick-up truck, had liggen.

Het vreemdst aan Bul Junior was zijn relatie met Rebecca. Ik geloof niet dat hij nou zo graag over die muur sprong om de buurt te laten schrikken. Hij wilde alleen maar de weg oversteken en het huis van Rebecca binnenlopen. Hij kwam letterlijk naar hun voordeur, liep langs haar ouders die op de veranda zaten zonder hen ook maar met een blik waardig te keuren en liep door de gang naar haar kamer.

De eerste keer dat dat gebeurde toen ik daar was, deed ik het bijna in mijn broek. Ik zat in de kamer van Rebecca en toen ik opkeek, kwam daar plotseling een leeuw door de deur gelopen! Mensen uit andere landen denken vaak dat er leeuwen bij ons in Zuid-Afrika in de achtertuin rondlopen. Nou, die dag dacht ik dat ook. Zelfs al brulde dat schepsel niet, ik dacht echt dat mijn laatste uur had geslagen. Geloof me, Bul Junior leek net een leeuw!

Na van mijn eerste schrik te zijn bekomen, zag ik hoe het beest langzaam naar Rebecca toeliep en zijn enorme kop naast haar hoofd legde. Die kaken van dat beest! Daarmee kon hij een mergpijp in een paar seconden kraken. Maar tegen Rebecca was hij poeslief en hij kwispelde met zijn staartstomp als ze hem aaide.

'Wat een lieverd, hè?' zei Rebecca.

'Ja, maar laat hem niet zo dicht bij me komen!' zei ik.

Gelukkig maar dat ze zo dol was op Bul Junior en hij op haar, want toen hij op een dag over de muur sprong, schrok een kindermeisje dat achter een wandelwagentje met een baby liep, zich helemaal lam. Ze raakte in paniek en probeerde het wagentje terug te trekken, maar dat viel om en de baby was overgeleverd aan de woede van Bul Junior. Met zijn voorpoten en kaak trok het beest het gehaakte dekentje van de baby af. Toen het kindermeisje dat zag, sprong ze op Bul Junior af en probeerde de baby te beschermen. Bul Junior werd opeens kwaadaardig en had de arm van het kindermeisje in zijn bek.

Hij zou die arm echt zwaar hebben toegetakeld als Rebecca niet tussenbeide was gekomen. Ze liep gedecideerd op Bul Junior af, haar groene ogen strak op de ogen van het beest gericht en zei met vaste stem: 'Nee, Bul Junior! Laat los!'

Bul Junior draaide zich om naar Rebecca. Het was vreselijk eng. Ik dacht dat hij boven op haar zou springen. Er droop wat schuim uit de hoek van zijn bek en hij gromde dreigend. Maar Rebecca bleef hem alleen maar kalmerend toespreken: 'Het is goed! Rustig maar!'

Bul Junior raakte als gehypnotiseerd door Rebecca's stem en liet de arm van het kindermeisje los. Rebecca deed het hek van Herrold open. 'Ga naar binnen! Schiet op, Bul Junior! Naar binnen!' De enorme hond droop af met een uitdrukking op zijn snuit alsof hij wist dat hij iets verkeerds had gedaan. Het snikkende kindermeisje raapte de baby op en drukte die stevig tegen zich aan.

Dat was de laatste keer dat we Bul Junior zagen. Het verhaal ging dat de politie Herrold een ultimatum had gegeven: of hij liet de hond inslapen of hij gaf hem aan de politie zodat hij tot waakhond kon worden omgeschoold.

# 5

## Hartsvriendinnen

Ik was helemaal van slag door Pa's vertrek. Soms bleef ik tijdenlang op mijn bed liggen, huilde in mijn kussen en vroeg me af of alles goed was met hem. Ik had zo'n medelijden met hem. Hij had zijn leven lang al geprobeerd succesvol te zijn en nu was zijn hele wereld ingestort. Ik kon me niet voorstellen hoe hij het moest redden zonder Ma die voor hem zorgde en zijn zorgen wegstreek. Hij kon niets zonder haar. Zij wist wat hij het liefste at en zei hem zelfs welke kleren hij aan moest trekken als ze uitgingen.

Hij belde ons een paar keer nadat hij weg was gegaan. Hij praatte meestal met Eric of met mij. Nico en Ma waren geen van beiden echt in staat om met hem te praten. Hij zei tegen ons dat hij ons miste en beloofde dat hij ons zo gauw als het kon mee op vakantie zou nemen.

Het eerste jaar dat hij weg was, was Ma helemaal uit haar doen. Ze had geen idee hoe ze voor drie kinderen moest zorgen in haar eentje. Maar op de een of andere manier lukte het haar en ons gezin kwam weer in rustiger vaarwater terecht. Nico was gelukkiger dan hij in jaren was geweest. Er was geen boeman om hem heen die de pik op hem had. De vrijheid was heerlijk. Hij had een tijd lang een nauwere band met Ma en mij.

Nico had nog nooit interesse getoond in school en spijbelde vaak, of bleef zelfs dagen weg. Hij was niet dom of zo, maar hij wilde niet leren en hij kon slecht spellen. Hij haalde zelfs de meest eenvoudige letters door elkaar. Voor hem waren de letters van het alfabet net wilde dieren die zich niet lieten temmen. Hij zakte voor zijn eindtoets en die toets overdoen was een vernedering voor hem. Op de een of andere manier kwam hij op de middelbare school terecht, dat was omstreeks de tijd dat Pa wegging, maar hij heeft nooit eindexamen gedaan. Nico had zo ontzettend genoeg van school en hoewel Ma haar uiterste best deed hem duidelijk te maken dat onderwijs echt heel erg belangrijk was, ging hij op een gegeven moment helemaal niet meer naar school. Hij kreeg een baantje bij de supermarkt. Hij moest op de winkelwagentjes letten. Ik denk dat hij redelijk wat fooi moet hebben gekregen, want na een paar maanden kocht hij een oude, gedeukte Chevrolet, waar hij dol op was.

Eric miste Pa, vooral in het begin. Soms schreef hij van die grappige briefjes waarin stond: 'Pa, kom naar huis. Ma bokst niet met me.'

Pa deed vroeger altijd van die bokswedstrijdjes met Eric waarbij hij hem liet winnen. 'Jij bent de kampioen!' zei Pa dan en hield Erics arm omhoog. Maar Eric wist het adres van Pa niet. Niemand van ons. Dus schreef hij gewoon 'Pa' op de envelop en vroeg aan Ma hem op de post te doen.

Ik wachtte tot Pa zijn belofte nakwam om ons mee op vakantie te nemen. Hij zou toch wel contact opnemen? Maar de weken gingen voorbij, en toen maanden. Hij belde steeds minder. In al die tijd kwam hij niet één keer terug om ons op te zoeken. Na een hele lange tijd waarin we niets van hem hoorden, belde hij weer om te zeggen dat hij zijn baan had opgezegd en nu bij Centurion Alarms werkte, waar ze een veel beter uniform hadden dan bij de spoorwegen. Hij vertelde Ma dat hij ook beter werd betaald.

Toen hij met Eric en mij praatte, vroeg hij alleen maar hoe het met ons ging. Eric vertelde hem over de basisschool en ik zei dat ik net was begonnen op de middelbare school, de Northridge High

School voor meisjes. Hij zei helemaal niets over met ons op vakantie gaan.
Mijn nieuwe school lag in de noordelijk gelegen buitenwijken. De reden waarom ik Northridge had gekozen, was dat Rebecca, Thuli en Jay dat ook hadden gedaan. Het was een school die heel erg bekend was.
We gingen 's ochtends samen naar school en 's middags samen weer terug naar huis. We maakten vaak samen ons huiswerk en als het om wiskunde ging, hielp Thuli ons met de sommen, want zij was daar hartstikke goed in. We zaten meestal bij haar thuis, want haar ouders werkten allebei, dus hadden we het huis voor ons zelf. Maar we gingen ook wel naar mijn huis, of naar het huis van Jay, waar haar moeder, een zenuwachtige en drukke vrouw, ons altijd verwende met *samosa*'s, *bhaji*'s of andere Indiase lekkernijen. De vader van Jay was vertegenwoordiger en zat bijna altijd op de weg tussen Joburg en Durban. Hij was zelden thuis.
Wij waren nu dikke vriendinnen. Rebecca zei dat het Lot, met hoofdletter 'L', ons bij elkaar had gebracht.
'Ik denk dat we ooit echt zussen van elkaar waren,' zei Rebecca.
'Hoe bedoel je?' vroeg ik.
'Voor we in dit leven waren beland, misschien in een ander leven,' zei ze.
'Ribbetje, jij bent echt gek,' zei ik. We noemden haar vaak Ribbetje in plaats van Rebecca hoewel ze zo goed in haar vlees zat dat er geen rib was te zien.
Maar ik was het wel met haar eens dat wij vieren een speciale band hadden.
'Laten we een geheime eed afleggen,' zei ik, 'dat we altijd hartsvriendinnen zullen blijven.'
'Ja, doen we!' zei Jay.
Rebecca en Thuli waren ook enthousiast, dus we deden de gordijnen van de kamer van Jay dicht, staken een kaars aan en wat

wierook. De zoete geur van de wierook vulde de kamer. We trokken onze schoenen uit. In het flakkerende kaarslicht, op blote voeten, staken we onze handen uit, kruisten ze voor ons en hielden de hand van het meisje naast ons vast.
Zo draaiden we langzaam in een kring rond en zegden onze eed op.
'Wat er ook gebeurt, wij zijn hartsvriendinnen, nu en altijd.'
Nadat we dat een keer hadden opgezegd, deden we het nog zes keer omdat het zo mooi was in dat vreemde licht. Het was de bevestiging van onze vriendschap. We waren hecht met elkaar verbonden en we wisten zeker dat er nooit iets tussen ons kon komen. Hierna was de eed die we hadden afgelegd altijd in onze gedachten. Die eed bleef ons bij tijdens onze middelbare schooltijd en zelfs als ik er nu nog aan denk, springen de tranen me in de ogen.
De weg naar onze school betekende dat we naar de Louis Botha Avenue moesten lopen, daarna twintig minuten in de bus moesten zitten en dan nog tien minuten lopen naar school. Het was nogal een eind en het kostte dus aardig wat tijd om er te komen, maar het was niet te vergelijken met hoe ver meisjes die in Soweto woonden moesten reizen om naar school te komen. Die moesten echt een heel eind. Trouwens, wij hadden voor een gedeelte van onze reis vaak een lift. In het begin reed de vader van Rebecca ons vaak naar de Louis Botha Avenue. Later, toen Nico een auto had, gaf hij ons vaak een lift. Het was zoveel leuker om met Nico mee te rijden dan met de vader van Rebecca. Nico draaide keihard muziek van Alice Cooper en trok de aandacht van alle meisjes in Yeoville. Van iedereen eigenlijk. Soms floot hij naar voorbijgaande meisjes of stopte even om met ze te kletsen.
'Hé, heb je iets te doen vanavond?' vroeg hij dan. 'Wil je me komen helpen als ik draai op de club?'
De meisjes trapten er meestal in, hoewel hij eigenlijk maar één keer ooit een kwartier voor DJ had gespeeld in de een of andere

nachtclub, toen de echte DJ naar het toilet moest om over te geven. Hij kletste in de auto aan één stuk door met ons. Rebecca vond hem zo cool en zo knap. Ze bewonderde vooral de drie ringetjes in zijn oor en de tatoeage van een dolk met een slang eromheen aan de zijkant van zijn hals.

'En, meiden, hebben jullie de man van je dromen al gevonden? Wat worden jullie mooi.'

Je kon deze ritjes, waarbij we zoveel lol hadden, gewoon niet vergelijken met de lift die we van de vader van Rebecca kregen. Dan was het stil en saai. Er kon nauwelijks een 'Daag' voor ons vanaf als we uit de auto stapten, maar Rebecca's vader stond er wel altijd op dat Rebecca 'bedankt voor de lift' zei. Geen wonder dat Rebecca zulke dubbele gevoelens voor haar ouders had.

Eigenlijk waren het niet haar echte ouders. Ik wist dat vanaf het moment dat ik ze zag. Dat kon ook niet missen! De O'Connors waren blank en Rebecca was bruin. Ze gingen altijd heel formeel met elkaar om. Er was helemaal geen genegenheid zoals je normaal in een gezin hebt. Ik vond het echt naar voor Rebecca. De O'Connors leken ook veel ouder dan onze ouders.

In al die jaren dat ik Rebecca kende, praatte ik nooit met haar over haar familie. Maar nu we de hartsvriendinnen-eed hadden afgelegd en ik denk ook omdat ik nu zelf geen vader had en met haar kon meevoelen, durfde ik het wel te proberen.

'Ribbetje, mis je je echte vader en moeder nooit?'

'Ik heb mijn vader nooit gekend,' zei ze. 'En mijn moeder is ervandoor gegaan toen ik nog heel klein was.'

En toen heeft ze me het hele verhaal verteld. Hoe haar moeder als dienstmeisje bij de O'Connors was gaan werken toen ze zeventien was. Ze was al in verwachting van haar vorige werkgever, die haar had misbruikt. Toen Rebecca was geboren, heeft ze drie jaar met haar moeder in een klein dienstbodekamertje gewoond. Maar op een keer ging haar moeder ervandoor met een vriendje en kwam niet meer terug. Ze liet Rebecca gewoon achter bij de O'Connors en probeerde zelf een nieuw leven te beginnen zonder voor een kind te hoeven zorgen. Ze moet ook de hoop hebben gehad dat de O'Connors beter voor haar baby zouden zorgen dan zij ooit kon. Toen haar moeder niet meer terugkwam, hebben de O'Connors Rebecca geadopteerd. Hun eigen kinderen waren net het huis uit om te gaan studeren, dus er was meer dan genoeg ruimte in huis. Rebecca verhuisde van het miezerige dienstbodekamertje met de rode betonnen vloer naar haar eigen kamer met een zacht bed, een toilettafel en een klerenkast voor alle nieuwe kleren die voor haar werden gekocht. Honderden blanke families adopteerden toentertijd zwarte kinderen, vertelde ze me. Het was in de mode en ze voelden zich dan minder schuldig dat zij hun hele leven al deel hadden uitgemaakt van het apartheidssysteem.

'Wat denk je dat er met je moeder is gebeurd?' kon ik niet nalaten te vragen.

'Dat weet ik niet.'

'Maar vraag je je dat nooit eens af? Zoals ik dat doe met mijn vader?'

'Soms. Maar ik heb mijn moeder eigenlijk nooit gekend als persoon. Begrijp je wat ik bedoel? Ik heb alleen maar een herinnering van hoe ze eruit zag en hoe ze van me hield. Maar verder weet ik niet hoe ze was.'

Haar moeder was een Zoeloe, dat wist Rebecca wel, en haar biologische vader was een blanke man die het met het dienstmeisje deed. Dat was het hele verhaal.

Ik keek naar Rebecca. Ze zag er zo opvallend uit. Zelfs toen ik haar voor het eerst ontmoette, zag ze er bijzonder uit met haar zwarte krulhaar, een donkere, goudbruine huid en groenige ogen. Nu ze de tienerjaren had bereikt en haar haar had opgestoken, viel ze helemaal op. Het waren vooral haar ogen, denk ik.

Het leek of haar ogen, net als die van een kat, konden opgloeien in het donker.

Meneer en mevrouw O'Connor hadden alles wat ze konden aan Rebecca gegeven, behalve die warmte die er is tussen een moeder of vader en hun eigen dochter. Misschien vonden ze het vervelend dat ze waren gedwongen haar te adopteren. Ik neem aan dat ze op hun manier wel van Rebecca hielden, maar vanaf de eerste dag dat ik ze zag, dacht ik: Wat is hier aan de hand? Waarom zijn ze allemaal zo gespannen? Ik heb Rebecca meneer en mevrouw O'Connor nooit 'mam' of 'pap' horen noemen.

Een van de problemen als we een lift van meneer O'Connor kregen, was dat hij er een hekel aan had als zijn geadopteerde dochter verviel in gewoontes die hij slecht vond. Op een keer zag hij bijvoorbeeld dat Rebecca een T-shirt aan had dat ze van mij had geleend. Hij keerde de auto, reed naar huis en zei tegen Rebecca dat ze haar eigen kleren moest aantrekken. En hij maakte constant opmerkingen over haar uitspraak.

'Geen rollende r!' zei hij dan bestraffend tegen haar. 'Dat klinkt zo hard achter uit de keel. Een r moet zacht en fluwelig klinken.'

Ik vond het nogal grappig dat hij steeds iets zei van Rebecca's uitspraak. Hij had zelf zo'n zwaar Iers accent dat ik hem soms nauwelijks verstond.

Vergeleken daarbij was het meerijden met Nico dikke pret. Hoewel, later had hij er geen zin meer in om vroeg op te staan om ons een lift te kunnen geven, omdat hij tot diep in de nacht was opgebleven en had rondgehangen in allerlei tenten in Yeoville, vooral in BaPita's.

Maar zelfs toen waren er nog momenten dat ik mijn hart bij hem kon uitstorten. Als ik me verdrietig voelde, liep ik naar zijn kamer en ging op de bank zitten.

Hij had stapels bandjes in zijn kamer, vooral van Metallica, Black Sabbath, Alice Cooper en andere Amerikaanse heavy metal bands.

Als er een plaat was met titels waarin vernietiging, nachtmerries, en hel voorkwamen, wist je bijna zeker dat Nico die wel ergens op zijn kamer had liggen. Ondanks het schedelhologram waar ik altijd bang van was, ging ik graag naar Nico's kamer om met hem te praten. Hij was eigenlijk heel zacht van binnen.

'Wat is er aan de hand, zussie?' zei hij dan als ik zijn kamer binnenliep. En dan vertelde ik hem wat me allemaal dwarszat.

'Nee, ik weet zeker dat het goed gaat met Pa in zijn eentje,' troostte Nico me dan. 'Waarschijnlijk beter dan toen hij nog hier thuis was. Trouwens, ik heb van iemand op mijn werk gehoord dat het goed met hem gaat.'

'Ik mis hem zo,' zei ik.

'Ja, op een vreemde manier,' zei Nico, 'ik ook. Niemand schreeuwt meer tegen me.'

'Waarom denk je dat hij ons niet komt opzoeken?' vroeg ik.

'Weet ik niet. Ik weet zeker dat hij van jou en Ma houdt. Hij komt vast op een dag wel weer eens aanwaaien.'

'Ik voel me soms zo ellendig,' klaagde ik.

'Ja, iedereen raakt van tijd tot tijd depressief. Vergeet niet dat er, nu je tiener bent, allerlei hormonen en zo door je lijf gieren. Daardoor val je van de ene stemming in de andere.'

# 6

## Northridge High School

Mijn vriendinnen en ik vonden het erg leuk op onze school. 's Ochtends was het een plezier om wakker te worden en te bedenken: 'Hè, lekker weer naar school vandaag!' Ik weet heus wel dat de meeste mensen niet zo over school denken. Maar wij toen wel. Waarom? Er hing zo'n fantastische sfeer daar.

Onze docenten op Northridge waren bijzonder. Ze waren niet saai of vervelend, maar speelden het op de een of andere manier klaar om een sfeer te creëren waarin de lessen een makkie waren. We hadden nooit ladingen huiswerk zoals we van andere scholen hoorden.

Door onze lerares tekenen en schilderen, mevrouw Kapilo, raakte ik geïnteresseerd in schilderen. Het was zo'n excentriek mens. Ze droeg enorme soepjurken, net positiejurken. Ze was eigenlijk pottenbakker en verkocht serviezen tegen bespottelijk hoge prijzen aan rijke opdrachtgevers. Maar ze maakte wel mooie dingen, als je tenminste van stevige borden met opvallende motieven houdt. Ze was enorm enthousiast. Als je haar klas binnenstapte, werd je helemaal opgeslokt. Het enige wat in die les van haar belangrijk was, was dat je je uitdrukte, dat je vormen en kleuren uit je hoofd liet vloeien en door je vingers op het papier terecht liet komen.

Bij haar leerde ik schilderen met waterverf en met acrylverf. Ik ontwierp posters, schilderde stillevens en portretten en maakte in acrylverf een studie van vogels. Het eindresultaat was fantastisch.

Met de hulp van mevrouw Kapilo zag het er heel professioneel uit en ze gaf me er een tien voor. Tekenen en Engels waren de enige vakken waar ik goede cijfers voor haalde. Ik had niet de hersens van Thuli, die de hoogste cijfers haalde voor alle vakken.

Naarmate we ouder werden, leerden we inzien dat hoe onze ouders Northridge zagen niet helemaal klopte. We kwamen er al snel achter dat de school plaatselijk bekend stond als '*Pick 'n Pay*' je weet wel, net als de snoepafdeling in een supermarkt waar je je snoep zelf afweegt en dan aan de kassa betaalt. Ik laat het aan jullie over om te bedenken of de school zo genoemd werd omdat hij in de buurt was van een enorme supermarkt die zo heette, of vanwege de reputatie die de meisjes hadden die daarheen gingen.

Tegen de tijd dat we in de eindexamenklas terechtkwamen, realiseerden we ons dat de school een broeinest was van allerlei bizarre en wilde activiteiten. De koffie- en snoepmachines werden constant leeggehaald. Tassen van leraressen verdwenen vaak en als het niet de tas zelf was, dan toch wel de inhoud. Veel meisjes raakten zwanger en moesten van school af.

De politie verscheen regelmatig bij ons op school om onderzoek te doen naar diefstal of om te controleren of er geen verdovende middelen waren. Ze behandelden ons allemaal als een stel domme meiden die op problemen uit waren. De politie waarschuwde ons ook dat als we de wet overtraden, onze vingerafdrukken naar Pretoria gestuurd zouden worden, waar ze voor altijd bewaard zouden blijven. Ze probeerden ons allemaal bang te maken, maar we hadden gewoon te veel lol op die school.

Sommige meisjes gaven fantastische feesten waar we voor werden uitgenodigd. Rebecca was enorm populair. Ze had iets bijzonders. Jay zei vaak dat Rebecca op een dag de eerste vrouwelijke president van Zuid-Afrika zou zijn. Iedereen wilde met haar samenwerken. En zij werd altijd op die feesten uitgenodigd. Maar ze zei dan dat ze alleen maar kwam als Jay, Thuli en ik ook mee mochten komen. Meestal wilde Thuli niet echt met ons mee, maar het lukte ons uiteindelijk altijd haar over te halen. Op die manier gingen we naar veel feesten. Op de meeste feesten vielen groepen jongens binnen die geen idee hadden van wat het woord 'uitnodiging' betekende. Die knullen zwermden om Rebecca heen als vliegen om een watermeloen, maar ze moedigde er maar een paar aan, zoals Victor die in de Alexandria Township woonde en op Bedford View zat.

Soms vroegen meisjes die in Soweto woonden ons op een feest. Soweto had een magische klank voor ons. Daar gebeurde het allemaal. Ik vroeg Ma of ik samen met Thuli, Jay en Rebecca mocht gaan. Maar ze was er faliekant op tegen dat ik ook maar een voet in Soweto zou zetten. Het was veel te gevaarlijk, zei ze, en vooral 's nachts. Jay mocht ook niet van haar moeder. En Thuli ook niet. Rebecca heeft het volgens mij niet eens gevraagd.

Ook de schoolfeesten op de Northridge meisjesschool waren fantastisch. Sommige docenten gingen net zo tekeer als wij en dansten met ons mee op de discomuziek. Die leraressen daar waren echt anders. Sommigen gingen zelfs over die magische grens, die tussen lerares en vriendin.

Neem nou juffrouw Adams. Zij was onze klassenlerares in het tweede jaar, en wij kregen haar twee jaar later weer voor Engels. Met haar hebben we meer tijd besteed aan het discussiëren over het leven en over de politiek dan over Shakespeare of George Bernard Shaw of welke andere buitenlandse literaire figuur dan ook. Hoewel, dat is eigenlijk niet waar. We begonnen altijd met een bepaalde kwestie uit Shakespeare, George Bernard Shaw of zo, maar op de een of andere manier speelde juffrouw Adams het klaar om zo'n kwestie dan relevant te maken en dicht bij huis te brengen.

'Wat maakt dat nou uit, leeftijd?' legde ze uit. 'Jeanne d'Arc was pas veertien toen ze het tegen het machtige Engelse leger opnam.

Net zoals duizenden jonge Zuid-Afrikanen het opnamen tegen het machtige apartheidssysteem. En net als Jeanne d'Arc werden velen gemarteld en gedood. Maar ze hebben hun doel bereikt en wij plukken nu de vruchten van hun inspanningen.'
Alle meisjes op Northridge waren dol op juffrouw Adams. Haar lessen waren zo opwindend. Discussies over van alles en nog wat, je kon het zo gek niet noemen.

Ik herinner me nog hoe ze een keer over haar vader praatte, die betrokken was geweest bij de strijd tegen de apartheid. Hun huis was het middelpunt van allerlei activiteiten. Er vonden in het holst van de nacht geheime besprekingen plaats. Er kwamen daar beroemde activisten bijeen om plannen te bespreken om het land uit evenwicht te brengen en het veranderingsproces te versnellen. Juffrouw Adams had als jong meisje meegedaan aan protestbetogingen, maar haar vader had er wel op gestaan dat zij haar opleiding afmaakte. Dus ondanks alle activiteiten en opwinding bij haar thuis, moest ze hard werken om haar examens te halen.

Op een ochtend had de vader van juffrouw Adams een pakje opengemaakt dat met de post was gekomen en het ontplofte in zijn handen. Hij raakte een oog kwijt en drie vingers van zijn linkerhand.

'Ja, meisjes,' zei juffrouw Adams, 'toen hadden we allemaal een doel – net als Jeanne d'Arc: de blanke suprematie omverwerpen. Nu we hebben bereikt wat we wilden, heeft niemand meer een doel. Mensen maken zich nu alleen nog maar druk om hun eigen hebzucht. Jullie moeten een nieuw doel vinden, een nieuwe inhoud, een manier om ons land weer nieuw leven in te blazen.'

Het was heel emotioneel om juffrouw Adams zo over haar leven te horen praten. Maar zo'n lerares was ze nou: een vriendin en een bron van inspiratie. Dus het was niet zo vreemd wat er later tijdens een van haar lessen gebeurde.

We kwamen voor de lunch de klas binnen en Thuli zat achterin hartverscheurend te huilen.

Ik liep naar haar toe en sloeg mijn armen om haar heen.
'Wat is er aan de hand?' vroeg ik.
Thuli bleef snikken.
'Komt het door Agnes?' vroeg Rebecca.
Het was ons allemaal opgevallen hoe Agnes Thuli de laatste tijd gepest had. De meeste meisjes in onze klas konden goed met elkaar opschieten. Maar het botste al een tijdje tussen Agnes en Thuli. Agnes had altijd een hele grote mond en Thuli was heel stil en gereserveerd. Maar dat was niet alles. Agnes was heel erg bezig met allerlei jongens, terwijl Thuli heel erg teruggetrokken was wat het andere geslacht betrof.
Juffrouw Adams moet die onderstroom ook hebben opgemerkt.
'Nee, meisjes, zo komen we niet verder. We moeten dit uitzoeken. We moeten onze problemen uitpraten, anders worden ze alleen maar groter. Als alles onderdrukt blijft, ontploft het op een dag.'
Agnes stond op en het zag er even naar uit dat ze de klas uit zou lopen, maar juffrouw Adams zei: 'Agnes, alsjeblieft, iedereen in deze klas heeft haar problemen.'
Agnes aarzelde, ging toen weer zitten en zei: 'Het spijt me, juffrouw Adams, ik heb het nogal moeilijk op het moment.'
Het was een fascinerend moment. Plotseling was er heel veel emotie in het lokaal. We wilden Agnes allemaal laten weten dat wat het ook was, wij haar zouden begrijpen en zouden accepteren.
Toen vertelde ze ons dat ze al een paar maanden uitging met een veel oudere man. Die man was zelfs oud genoeg om haar vader te kunnen zijn. Hij gaf haar veel cadeautjes: een horloge, geld voor nieuwe kleren, een geluidsinstallatie. Maar de laatste tijd werd hij grof tegen haar en dwong haar dingen te doen die ze niet wilde.
Ademloos luisterden we allemaal toe. We vonden het fijn dat Agnes haar problemen met ons deelde.
En dat was nog maar het begin. Toen Agnes eenmaal over de streep was, begonnen ook andere meisjes over hun problemen te

vertellen. Het was absoluut waar wat juffrouw Adams had gezegd: dat iedereen in die klas haar problemen had.
Rebecca vertelde hoe het was om geadopteerd te zijn en hoe ze voelde dat ze niet echt bij haar blanke ouders hoorde. Nomsa vertelde dat haar vader twee jaar in de gevangenis had gezeten omdat hij bij een aanslag betrokken was geweest. Jay onthulde dat haar moeder gezondheidsproblemen had en voortdurend medicijnen moest innemen. Het ene na het andere meisje vertelde iets over haar leven. Het was echt verbazingwekkend dat er in die klas met drieëndertig meisjes zoveel meisjes serieuze problemen hadden.
Ik had het gevoel dat ik ook iets moest zeggen. Ongeveer de helft van de meisjes in de klas had verteld dat hun vader was weggegaan bij hun moeder. Dus ik voelde me op mijn gemak toen ik vertelde dat mijn vader ook van huis was weggegaan en dat hij ons nooit was komen opzoeken. Hoewel de tranen over mijn wangen liepen toen ik het vertelde, voelde ik toch hoe klein mijn problemen waren vergeleken bij sommige andere meisjes van de klas. Eén meisje had zelfs een abortus gehad, nog maar een paar maanden geleden.
Tegen de tijd dat de bel ging, hadden we bijna allemaal gehuild. Het was zo'n ontroerende ervaring, dat luisteren naar iedereen die zo open was over zichzelf. Er waren maar een paar meisjes die niets hadden gezegd. Thuli was er een van. Maar haar ouders waren zo aardig en gewoon, misschien had ze het gevoel dat ze over dit onderwerp niets had te vertellen.
Het was een bijzondere dag en ik moet zeggen dat mijn ogen open waren gegaan. Misschien had ik nu een leeftijd bereikt dat ik kon meevoelen met wat er in het leven van andere mensen omging; in ieder geval leek het wel of ik vanaf die dag dingen begon op te merken die ik nog nooit eerder had gezien.

# 7

## Smeltkroes

Een paar jaar na de verkiezingen was Yeoville heel erg veranderd. Daar waar vroeger de niet-blanken alleen maar werkten, als bedienden of iets dergelijks, konden ze nu gewoon gaan wonen. Bijna alle joden waren uit Valmar Court weggetrokken en naar de ongerepte buitenwijken in het noorden verhuisd, of zelfs nog verder weg. Alle koosjere slagerijen in het gebied gingen dicht, de synagoge werd gesloten, zelfs Shula's Bakery, de bakkerswinkel waar ze de heerlijkste cake en taartjes verkochten, ging uiteindelijk dicht. Terwijl er vroeger honderden joden met keppeltjes en lange bakkebaarden 's avonds op weg waren naar hun gebedsdiensten, zag je nu nog maar zelden een jood. En als je ze al zag, waren ze meestal al een dagje ouder, zoals mevrouw Rubin naast ons, die nergens anders heen kon en geen familielid had die iets om haar gaf.

En niet alleen de joden trokken weg. De ene blanke familie na de andere vertrok naar het noorden. Het had niets te maken met het zinkend schip verlaten, zeiden ze, ze gingen gewoon verhuizen naar een plek waar het beter was. Ze werden nerveus van al die zwarte mensen in de winkels en buiten op straat. De meeste blanken klaagden over de lage prijzen die ze voor hun huis of flat kregen aangeboden, maar ze verhuisden toch.

Natuurlijk kwamen er ook een paar blanke gezinnen wonen. Sam en Hilda Jaegher bijvoorbeeld, politieke vluchtelingen en de schrijvers van een beroemd anti-apartheidsboek, kwamen na dertig jaar in het buitenland te hebben gewoond terug naar Yeoville om hun laatste jaren in een vrij Zuid-Afrika te slijten. Maar het waren meestal gezinnen met een andere huidskleur die in Yeoville kwamen wonen. Zwarte gezinnen uit de *townships*, of uit Zim(babwe), Zam(bia) of Zaïre. Ik sprak Madame Butterfly op een keer op de trap en ze zei dat ze altijd de verschillende landen in Afrika had willen bezoeken, maar dat dat nu niet meer hoefde, want Afrika was haar komen bezoeken!

'Yeoville is de smeltkroes van het nieuwe Zuid-Afrika,' zei ze. 'De plek waar de Eerste Wereld de Derde Wereld ontmoet. Als het nieuwe Zuid-Afrika hier niet functioneert, functioneert het nergens.'

Valmar Court was een ware multiculturele plek geworden. De flat naast Madame Butterfly bijvoorbeeld, werd bewoond door Claude en zijn familie uit Zaïre, dat tegenwoordig Kongo heet. Terwijl er vroeger een stel in die flat woonde met hun baby, woonden er nu twaalf mensen. Het was zelfs zo dat er in een artikel in de North East Tribune werd beweerd dat er veertig mensen woonden, maar dat was pure overdrijving.

Door dat krantenartikel werden er een paar beledigende woorden op een van de muren van Valmar Court gespoten, op de muur zonder ramen. De algemene strekking van die lelijke woorden was dat de Zaïrezen terug naar hun eigen land moesten. Mevrouw Rubin probeerde het eraf te krijgen, maar het enige dat ze bereikte was dat de letters minder scherp werden. Hierna kwam er op de muur, zoals op zoveel muren in de buurt, graffiti te staan, vooral namen van mensen. Het was allemaal niet erg stijlvol, alleen maar een verzameling namen en af en toe een slogan. Iemand had er 'Simunye' (Wij zijn één) opgezet met zwarte letters en dat vond ik de enige fraaie tekst op de hele muur.

De Zaïrezen hadden niets. Geen meubels. Geen bezittingen. Zelfs de deurkozijnen waren op een gegeven moment weg. Het gerucht ging dat ze die hadden opgestookt om warm te blijven in de winter. Maar het waren hele leuke mensen. Claude was zo knap, net een Afrikaanse prins. Hij probeerde geïmporteerde Zaïrese goederen te verkopen op Rockey Street, waar honderden straatverkopers nu hun spullen verkochten.

Vóór de verkiezingen waren de straten van Yeoville tamelijk netjes en opgeruimd. Maar sinds kort stonden er overal kleurige marktstalletjes waar watermeloenen werden verkocht, horloges, sportschoenen, T-shirts, bananen, houtsnijwerk, cd's, schoenen, riemen, goedkope sieraden, zonnebrillen, boeken, kralenwerk, levende kippen, groenten, dekens, handtassen of wat er verder ook maar te verkopen viel.

Maar Claude had het moeilijk op Rockey Street, want de mensen vonden dat vreemdelingen de banen van de plaatselijke bevolking inpikten. Hij werd constant uitgescholden en lastiggevallen, dus uiteindelijk vertrok hij. Maar hij begon gewoon ergens anders, bij de Bruma Market waar hij net genoeg kon verkopen om zijn grote familie te eten te geven.

Benna, zijn zus, was ook heel mooi. Ze naaide de meest ongelofelijke kleren. Prachtige lange jurken voor Zaïrese en Angolese vrouwen, die ze konden dragen naar begrafenissen of naar trouwerijen.

We wisten eigenlijk niet dat ze deze jurken maakte, tot Benna een keer in de winter, toen ze geen elektriciteit hadden, naar beneden kwam en aan mijn moeder vroeg of ze haar naaimachine mocht gebruiken. Ze naaide de hele nacht door, zonder te slapen, en die ochtend hingen er vier jurken met ruches, lovertjes en pofmouwen.

Ma vroeg waarom ze er vier had gemaakt.

'Ja. Er zijn twee vrouwen die hun man hebben verloren. Ze zijn in de rouw geweest. Ze dragen vodden en oude kleren. Maar nu

geven ze een feest om te laten zien dat ze weer huwbaar zijn.' Ze hebben ieder twee jurken nodig, een voor het begin van het feest en halverwege trekken ze dan een andere aan.'
Daarna werden Ma en Benna goede vriendinnen. Het was maar goed dat Pa niet meer bij ons woonde. Soms, als Benna weinig werk had, vonden Ma en Ramilla werk voor haar. Maar ze maakte het liefst feestjurken.
Benna had een zoontje, Eké, en daarom was ze bij ons in de buurt ook bekend als Mama Eké. Hij had heel dunne benen en dat betekende dat hij met krukken moest lopen. Toen we hem voor het eerst ontmoetten, kon hij alleen met de lift naar boven en beneden, maar na een tijdje had hij geleerd hoe hij de trap op en af kon met zijn krukken. Eké had heel grote ogen en zou zeker zo mooi worden als zijn moeder en zijn oom. Hij was ongeveer even oud als Eric en ze speelden met zijn tweeën achter het flatgebouw, waar een touwschommel aan een boom was vastgemaakt. Het was heel ontroerend om te zien hoe Eric, die nog geen minuut stil kon zitten, met oneindig veel geduld zijn vriendje duwde die op de schommel zat. Of tunnels en wegen voor hun autootjes maakte in de zandhopen die de bouwvakkers hadden achtergelaten nadat ze de muur hadden verhoogd.
Ma, Benna en Ramilla. Ze vormden ook het nieuwe Zuid-Afrika, net als mijn vriendinnen en ik. Maar er waren mensen zoals mijn vader en meneer Andropoulos, onze buurman, die eigenaar was van het Apollo Café, die daardoor een hekel aan ons hadden.
Op een dag vroeg Ma me of ik haar wilde helpen wat afval weg te brengen. Het bleek dat meneer Andropoulos het terrein achter Valmar Court als stortplaats voor zijn vuilnis gebruikte.
'De straat is smerig,' klaagde mevrouw Rubin. 'Het gras staat vol onkruid. Onze muren zijn bedekt met graffiti. En die man smijt zijn vuilnis waar het hem goeddunkt!'
Ma kreeg er uiteindelijk genoeg van. Ze had meneer Andropoulos

herhaaldelijk gevraagd om zijn vuilnis daar niet neer te gooien, maar hij legde haar verzoeken minachtend naast zich neer. Dus Ma en ik stopten een grote kartonnen doos vol met zijn vuilnis, namen die mee naar zijn winkel en zetten hem daar op de grond, voor de ogen van al zijn klanten.

'Idioot wijf! Wat doe je nou? Jij met al je zwarte vriendinnen in die flat!'

Meneer Andropoulos schreeuwde nog even door en zei vervolgens tegen ons dat we nooit meer in zijn winkel mochten komen.

'Alsof ik dat nog wil!' schreeuwde Ma, terwijl ze de winkel uit stormde. 'En ik zal ook tegen al mijn vriendinnen zeggen dat ze hier geen boodschappen meer moeten doen.'

Ik vertelde het ook aan mijn eigen vriendinnen. Rebecca, Thuli en Jay waren woest over wat er was gebeurd.

'We moeten iedereen ervan weerhouden daar boodschappen te doen,' zei Rebecca. Ze wilde borden gaan maken en die voor het Apollo gaan zetten, maar Thuli zei dat het genoeg was als we ervoor zorgden dat iedereen die we kenden daar niet meer heen zou gaan.

De boycot moet wel effectief zijn geweest, want een paar maanden later sprak Theo, de zoon van meneer Andropoulos, Ma aan op straat.

'Luister,' zei hij. 'Mijn vader is oud en chagrijnig. Hij bedoelde het allemaal niet zo. Alstublieft, u bent welkom in onze winkel. En dat geldt ook voor al uw vriendinnen.'

'Een kleine overwinning,' zei Ma triomfantelijk tegen me toen hij weg was.

Vanaf die tijd was meneer Andropoulos beleefd tegen mijn moeder en alle andere mensen uit ons flatgebouw. En hij gooide nooit meer afval op het terrein achter het gebouw. Ik en Jay en Thuli beëindigden onze boycot en gingen weer naar het Apollo. Maar Rebecca bleef volhouden dat ze daar nooit meer een stap over de drempel zou zetten, zelfs al was het de dichtstbijzijnde winkel en heel handig als je even wat snoep wilde kopen, of iets te drinken.

'Hoe kunnen jullie nu een racist steunen?' zei ze.

Rebecca bemoeide zich een paar dagen lang niet met ons. Ze was echt kwaad op ons en kon ons standpunt niet accepteren.

'We moeten de mensen wel de gelegenheid geven om te groeien en hun houding te veranderen,' zei Thuli tegen haar.

Uiteindelijk gaf Rebecca toe, maar alleen omdat we vriendinnen waren. Ze accepteerde met tegenzin dat mensen als meneer Andropoulos maar twee keuzes hadden: zich aanpassen aan de nieuwe situatie of verhuizen. Meneer Andropoulos had zich aangepast.

Yeoville veranderde enorm snel. Naast alle verkopers kwamen er nog andere straathandelaren: schoenmakers, mecaniciens, en de jonge kapper Petrus uit Bloemfontein die zijn zaak begon net buiten Valmar Court. Zijn salon was een kleine tent en zijn kammen, shampoo en crèmespoelingen stonden netjes op een houten sinaasappelkist. Het was een innemende man die altijd met zijn klanten stond te praten en grapjes maakte. Ook tegen mij!

'Hé, baby!' riep hij als ik langsliep. 'Wanneer trouw je met me?'

'Concentreer jij je nou maar op het haar van die man,' riep ik terug, 'anders scheer je hem per ongeluk nog kaal.'

Petrus lachte om mijn commentaar. Hij had een gitaar die hij iedere dag mee naar zijn werk bracht en als hij even tijd had omdat er geen klanten waren, speelde hij erop. Ik vond dat hij talent had.

'Jij kunt beter met die gitaar overweg dan met de tondeuse,' grapte ik tegen hem.

'Vind je?' zei hij.

# 8

## Geweld

In het begin hoorden we alleen berichten over geweld op Radio 702, een radiostation dat Ma altijd aan had staan als ze zat te naaien. Joburg werd zo'n beetje de meest gewelddadige plek op aarde en de nieuwsberichten trakteerden ons ieder uur op de laatste roofovervallen, moorden en verkrachtingen, en ieder halfuur op samenvattingen. Joburg was 's werelds moord-hoofdstad nummer 1, maar gelukkig overkwam dat andere mensen, op andere plekken, vooral in de *townships* of op beruchte plekken zoals Hillbrow. Daarna hoorden we van mensen die we kenden dat mensen die zij kenden het slachtoffer waren geworden van geweld. Ma hoorde van Ramilla dat de man van een vriendin van haar in zijn buik was geschoten. En op school vertelde iemand me hoe de moeder van haar buurvrouw op een dag thuiskwam met de auto en dat een paar mannen haar hadden opgewacht in haar eigen garage. Toen ze haar auto had geparkeerd, besprongen ze haar en sloegen haar de schedel in met een baksteen. Mijn haar stond recht overeind toen ik dat hoorde.

Het duurde niet lang of we hoorden ook over mensen in Yeoville die het slachtoffer waren van afschuwelijk geweld. Het gezin bijvoorbeeld dat vlak bij ons woonde. Ze werden door inbrekers in hun eigen huis vastgebonden en in elkaar geslagen. En er werden in een bunker op een beroemde golfbaan verschillende stukken van het lichaam aangetroffen van een vrouw die goederen afleverde aan een winkel in Rockey Street. Vaak hoorde je schoten in onze buurt.

Het leek of de cirkel van geweld om ons heen kleiner werd. Het duurde niet lang of het geweld raakte ook mensen die we kenden. Op een middag liep mevrouw Rubin op Harrow Road. Een man liep naar haar toe, trok een mes en zei: 'Je gaat eraan, dame, als je me je portemonnee niet geeft.'

Die arme mevrouw Rubin voelde in haar handtas naar haar portemonnee, maar haar aanvaller had geen geduld. Hij greep de handtas beet en duwde haar tegen de grond. Ze stak instinctief haar hand uit en voelde haar pols kraken toen die het trottoir raakte. De aanvaller pakte de portemonnee, gooide de handtas neer en liep weg.

'Er zat maar tien rand in die portemonnee,' vertelde mevrouw Rubin me later, haar pols in het gips. 'Dat was alles wat ik bij me had.'

Wat haar nog het meest pijn deed, was dat geen enkele voorbijganger haar te hulp was gekomen toen ze werd aangevallen. Pas later hielp een oudere heer haar overeind en belde de politie en een ambulance.

Kort na dat voorval viel de buurman van Jay, een man die Ray heette, zijn eigen vrouw aan. Het was een jong Indiaas stel dat pas was verhuisd van Stanger aan de zuidkust van Natal. Jay en haar moeder hoorden een vreselijk gegil naast hen. Het ging maar door. Zoals gewoonlijk was de vader van Jay weg, op weg naar Durban, en ze durfden er niet heen om te gaan helpen. Dus keken ze maar uit het raam om te zien waar het gegil vandaan kwam. Ze konden hun ogen nauwelijks geloven. Ze zagen de buurvrouw over het randje van het balkon hangen! Ram hield haar vast en dreigde haar te laten vallen. En hij praatte met een dubbele tong! Hij was stomdronken. Hoe lang zou het nog duren voor hij haar per ongeluk liet vallen?

De moeder van Jay rende de kamer in en belde de politie. Maar die deed er een halfuur over om te komen en tegen die tijd was alles rustig naast hen. De politie wilde nog niet eens bij de buren aanbellen. Ze zeiden dat ze alleen zouden ingrijpen bij een huiselijke ruzie als er iemand gevaar liep.

'Natuurlijk loopt ze gevaar!' had de moeder van Jay gezegd.

'Niet op dit moment!' zei de politie. 'Maar als het weer misgaat, bel ons dan gewoon. Oké?'

De moeder van Jay werd hierna nog zenuwachtiger. Ze maakte zich vreselijk zorgen om haar buurvrouw, maar ook om zichzelf en haar dochter, met zo'n gewelddadig persoon als buurman. Ze zette twee extra sloten op de voordeur, waardoor er nu zes op zaten als je het Yale-slot en de twee grendels meetelde.

'Dit land glijdt steeds verder af,' zei de moeder van Jay tegen ons toen we er kort daarna waren. 'Indiase mensen waren altijd zo fatsoenlijk, weet je, gedisciplineerd, netjes. Maar als ze eenmaal in Joburg zijn, laten ze zich in met andere mensen en dan gaat het bergafwaarts. Dit nieuwe Zuid-Afrika is veel te open. Ik vind het maar niks. Ik ben geen racist, maar ik vind wel dat mensen hun tradities vergeten als ze niets meer hebben om zich aan vast te houden. Dan raken ze op drift.'

Op school gebeurde er ook iets vreselijks. Het was op een schoolfeest. Op het moment zelf, moet ik zeggen, had ik geen flauw idee wat er gaande was. Ik was aan het dansen in de aula of zat te kletsen met mijn vriendinnen. Het kwam een paar dagen later uit, toen het verhaal met grote letters in de krant stond.

Ik zal de naam van het meisje niet noemen, maar ze werd op het hockeyveld verkracht door vier jongens. Allemachtig! Wat deed dat meisje daar, alleen met vier jongens? En wie waren die jongens? We kwamen het nooit te weten. Het voorval zorgde ervoor dat Thuli nog zenuwachtiger werd wat jongens betrof. En zij niet alleen. Iedere keer als mijn vriendinnen en ik daarna naar een feest gingen, zorgden we ervoor dat we bij elkaar bleven. Per slot van rekening waren we hartsvriendinnen en hadden een eed afgelegd, dus moesten we elkaar in het oog houden en voor elkaar zorgen, wat er ook gebeurde.

Het verhaal haalde de voorpagina van de plaatselijke krant en de directrice van onze school gaf ons een stevige preek over hoe het gedrag op school moest veranderen. De politie kwam weer naar school en voerde een grondig onderzoek uit.

Maar ik ontdekte dat zelfs de politie corrupt was. Op een middag kwam ik twee zwarte politieagenten tegen die Claude bedreigden op de gang net buiten zijn flat. Het gebeurde toen ik thuiskwam na bij Thuli te zijn geweest en ik geschreeuw hoorde. Ik rende de trap op en zag dat Eké met moeite maakte dat hij uit de buurt kwam van twee zwarte politieagenten die Claude lastigvielen.

'Waar zijn jouw inentingen? Laat maar eens zien!' schreeuwden ze tegen hem. 'Leugenaar. *Makwere-kwere*, buitenlander. Jullie buitenlanders komen hier en pikken onze banen in!'

Ze sloegen hem tegen zijn hoofd.

'Niet waar, ik ben net als jullie. Ik probeer te overleven,' sputterde Claude tegen.

'Luister, geef ons honderd piek en we laten je in dit land blijven. Anders sturen we je terug naar het kamp in Krugersdorp en dan zetten ze je het land uit!'

'Honderd rand! Of we pakken je. Hier, over twintig minuten. We komen terug.'

De twee politieagenten liepen weg, Claude in een lastig parket achterlatend.

Ik rende naar huis en vertelde Ma wat er was gebeurd.

'We kunnen hem dat geld niet zomaar lenen,' zei ze, 'want als je die kerels eenmaal hebt betaald, komen ze iedere maand terug voor meer.'

'Maar, Ma, we moeten wel. Claude is onze vriend. Ik heb twintig rand; die kan hij krijgen.'
Ma keek me lief aan.
'Oké, liefje,' zei ze.
Ze liep naar haar slaapkamer en deed daar ongetwijfeld de koekjestrommel open die ze achter in haar kast had staan voor 'noodgevallen'.
'Hier, Claude, hier heb je honderd rand. Maar je moet er wel iets aan doen!'
Claude was zo dankbaar. Hij vouwde zijn handen als in gebed en raakte met zijn vingertoppen heel even Ma's handen aan toen hij de bankbiljetten aanpakte.
'Dank u. Ik zal het jullie allemaal teruggeven.'
Zo waren sommige politiemensen dus. In plaats dat ze door onze straten patrouilleerden en de wijk veiliger maakten, maakten ze misbruik van hun positie. Sommigen maakten de straten zelfs onveiliger. Ramilla liep op een dag langs de supermarkt OK Bazaars toen ze een geweerschot hoorde, gevolgd door het geluid van gebroken glas op de weg. Het bleek een jonge, onervaren politieagent te zijn van het politiebureau van Yeoville, die zijn geweer aan het schoonmaken was. Waarom hij dat deed op openbaar terrein was iets wat iedereen zich afvroeg. Tot zijn grote schrik ging het geweer plotseling af. Die kogel had wel overal heen kunnen vliegen. Gelukkig raakte hij niemand van de tientallen voetgangers die op dat moment voorbijliepen. De kogel doorboorde het zijraam van een geparkeerde auto.
Maar behalve deze incompetentie was ook bekend dat de politie onder één hoedje speelde met de handelaren in verdovende middelen die hun waar open en bloot op straathoeken verkochten, of dat ze smeergeld aannamen van wetsovertreders. Maar wie kon het ze kwalijk nemen? Iedereen was bang van de criminele groeperingen, de politie niet uitgezonderd.

Het was slechts een kwestie van tijd voor er weer geweld uitbrak. Maar ik had geen idee dat Nico erbij betrokken zou zijn. Om ongeveer drie uur 's nachts werd er een keer op onze deur geklopt en daar stond Nico, thuisgebracht door de politie na een knokpartij in een club in Yeoville. Hij werd overeind gehouden door de politieagenten en zou zonder hen zeker omvallen.

Eerst dachten we dat hij stomdronken was. Hij zag er vreselijk uit. Zijn hemd was van zijn schouder gescheurd, er zat een bloedende snee in zijn linkerwang, die helemaal opgezwollen was. Maar toen zag ik bloed op zijn hemd. Het hemd was zelfs doorweekt van het bloed.

'Wat is er met jou gebeurd?' vroeg Ma toen ze haar zoon mee naar binnen nam.

'Gewoon, een vechtpartij, Ma,' zei Nico.

'De volgende keer is hij er geweest!' riep een van de politieagenten nog.

Ma liet Nico zijn hemd uitdoen. Er zat een vreselijke snijwond in zijn borst. Ik kon er nauwelijks naar kijken. Het moet vreselijk veel pijn hebben gedaan, maar Nico vertrok haast geen spier. Ik wist zeker dat die wond door een gebroken fles was veroorzaakt, of misschien met een of ander mes was toegebracht, maar Nico wilde ons niet zeggen waarmee. Ma besloot dat de wond onmiddellijk in het ziekenhuis behandeld moest worden.

Terwijl we zaten te wachten tot de dokter de wond had gehecht, probeerde ik met Ma over Nico te praten, maar ze haalde alleen haar schouders op.

'Ma, hij gaat met verkeerde mensen om,' zei ik.

'Nee, hij heeft alleen maar even een slechte periode. Daar komt hij gauw weer uit.'

Natuurlijk gebeurde dat niet. Zelfs een blinde kon zien dat het bergafwaarts met hem ging. Hij bleef steeds vaker van huis weg. Hij bleef tot diep in de nacht weg, sliep vaak bij vrienden, soms het hele weekend. En als hij thuiskwam, zag hij eruit als een zombie, helemaal uitgeput, en kon hij met moeite zijn ogen openhouden.

# 9

## Bezoek

Op een van de weekenden dat Nico niet thuis was, werd er gebeld. Eric en Ma waren thuis, maar ik deed de deur open. Eerst had ik niet in de gaten wie er voor de deur stond. Het was een man in een flitsend uniform met de woorden 'Fort Knox' in witte letters op het blauwe jasje.
'Pa?'
'Hé, hoe gaat-ie, Reena? Jeetje, wat ben jij groot geworden! Je bent nu een hele dame. Hoe is het?'
'Goed,' zei ik lauw. Ik kon van pure verwarring geen woord meer uitbrengen.
'Nou, vraag je me niet even binnen?'
'Natuurlijk, kom binnen,' zei ik.
Net op dat moment riep Ma: 'Wie is dat?'
'Ik ben het!' zei Pa en hij stapte naar binnen.
Ma kwam de woonkamer uitgerend waar ze dag in, dag uit aan haar naaimachine zat te werken.
'Wat doe jij hier?'
'Hallo, Moppie, het is leuk je weer eens te zien!'
'Wat moet je?' vroeg Ma.
'Jullie alleen maar even zien,' zei hij.
'Nou, doe dat dan maar gauw!' zei Ma.
'Kan ik een kop koffie krijgen?' vroeg Pa.
Ma zei tegen mij dat ik water op moest zetten. Pa stapte de

woonkamer binnen en ging op de bank zitten. Vanuit de keuken hoorde ik hem tegen haar zeggen hoeveel hij haar en het gezin miste. Hij vroeg hoe het met Nico en Eric en met mij ging. En hij vroeg hoe ze het redde. Ze beantwoordde al zijn vragen nauwgezet, maar zonder veel emotie. Pa vertelde haar vervolgens dat hij op zichzelf woonde in een klein huis en dat hij nooit was hertrouwd of een vriendin of zo had gehad.

'Ik vind nooit meer een vrouw zoals jij,' zei hij tegen haar toen ik de koffie binnenbracht.

'Nou, wat vind je van mijn uniform?' vroeg hij mij. 'Flitsend, hè? Ik ben voor de helft eigenaar van Fort Knox. Dat betekent dat ik behoorlijk rijk ben, denk je niet?'

Hij stond op, knoopte zijn jasje los en tikte op de revolver die hij onder zijn schouder droeg.

'Ja, ja, Fort Knox Beveiligingen. Wij garanderen dat als u het alarmknopje indrukt, wij binnen een paar minuten een paar van onze mannen op uw stoep hebben staan om u te beschermen.'

'Ik ben blij dat het goed met je gaat, Dirk,' zei Ma.

'Beveiliging is de snelst groeiende bedrijfstak in dit land, met al die moorden, roofovervallen en andere waanzin. Elektronische slagbomen, particuliere bewaking, straatpatrouilles – we doen het allemaal. Ik heb eindelijk ergens succes mee.'

'Daar ziet het wel naar uit, ja,' zei Ma. 'Als je je koffie op hebt, kun je dan verder gaan met succes hebben?'

'Maar ik heb Eric nog niet gezien. Waar is hij?'

Ik ging naar Erics kamer, waar hij monopolie zat te spelen met Eké.

'Pa is op visite. Kom even gedag zeggen.'

Eric kwam behoedzaam de woonkamer binnen en staarde Pa aan.

'Hoe gaat-ie, grote knul!' zei Pa terwijl hij opstond en de handen van Eric in de zijne nam. 'Kijk nou toch! Weet je nog wie ik ben?'

Eric zei niet veel.

Pa deed even alsof hij met hem bokste.
'Ach, jongen, het is zo fantastisch je weer te zien,' zei Pa. Hij omhelsde Eric. Eric glimlachte en omhelsde hem. Daarna kon Eric de vragen van Pa wat makkelijker beantwoorden. Tegen het eind van het bezoek liep Eric weer bijna als vroeger tegen Pa aan te kletsen.
Midden in het hele gebeuren kwam Eké de woonkamer in gehobbeld. 'Wie is dat?' vroeg Pa. Ik had het gevoel dat Pa zich inhield om geen rotopmerking te maken.
'Mijn beste vriend,' zei Eric. 'Hij woont boven ons en ik heb een tekening van Batman voor hem gemaakt, want hij is morgen jarig.'
'Dat is leuk,' zei Pa. Hij deed duidelijk erg zijn best om aardig te zijn.
'Zeg eens,' zei Pa tegen Ma, 'Hoe gaat het met Nico?'
'Niet slecht,' loog Ma.
'Heeft hij nog steeds vreselijk de pest aan me?' vroeg Pa.
'Hij had niet de pest aan je,' zei Ma, 'en nu heeft hij het bijna nooit meer over je.'
'Luister, dit is gewoon te veel voor me,' zei Pa terwijl hij weer op de bank ging zitten. 'Waarom beginnen we niet gewoon opnieuw?'
'Daar is het te laat voor,' zei Ma. 'Waarom heb je nooit contact met ons opgenomen?'
'Ik wilde dat pas als ik genoeg geld had gespaard om jullie hier weg te halen. We zouden ergens op een mooie plek kunnen gaan wonen. Ik kan nu goed voor jullie allemaal zorgen. Jij zou niet zo hard meer hoeven te werken. En ik ben heel erg veranderd, dat zul je zien als je me gewoon weer opnieuw zou leren kennen.'
'Ik ben ook veranderd,' zei Ma. 'Ik ben nu mezelf.'
'Maar, lieverd...'
'Het wordt nu tijd dat je vertrekt,' zei Ma.
Pa wist niet hoe hij door moest zetten, hoewel ik zag dat hij iets wilde gaan zeggen.

Terwijl hij de voordeur uitging, smeekte hij Ma er nog eens over na te denken.

'Mag ik je nog eens komen opzoeken?' vroeg hij.

'Beter van niet, Dirk. Ik ben gelukkig nu.'

'Luister,' zei hij, 'als je hier beveiliging nodig hebt, laat het me gewoon even weten. Dan installeer ik een beveiligingssysteem voor je. Voor niks.'

Nog dagen lang na het bezoek van Pa hing er een vreemde sfeer in de flat. Alsof hij een geur had achtergelaten die Ma niet weg kon krijgen. Het was heel vreemd. Een deel van mij had willen uitschreeuwen: 'Ja, kom terug, Pa, we missen je vreselijk. Zelfs Nico wil weer vrienden met je worden.'

Maar ik had nauwelijks een paar woorden met hem gewisseld toen hij er was.

Nico had het allemaal gemist. Waar hij zat, heeft hij nooit gezegd. En toen hij terugkwam was hij zo uitgeput, dat Ma hem pas na twee dagen vertelde dat Pa op visite was geweest.

'Ben ik blij dat ik er niet was!' was het enige dat Nico te zeggen had.

Ongeveer een week na dat bezoek, hingen Thuli, Jay, Rebecca en ik wat in mijn kamer rond. We hadden het over Paul, een jongen die ik twee weken daarvoor had ontmoet.

'Ik weet zeker dat hij je belt,' zei Jay.

'Hoe weet je dat?' vroeg ik.

'Omdat ik een zesde zintuig heb dat het altijd bij het rechte eind heeft.'

'Nee, serieus, Jay, waarom denk je dat hij zal bellen?'

'Omdat hij me heeft gevraagd of jij een vriend had.'

Ik was op een feest aan Paul voorgesteld en we leken het goed met elkaar te kunnen vinden. Hij was helemaal gek van computers. Niet alleen spelletjes, maar software, het internet, programmeren, je kon het zo gek niet noemen! Maar naast al het interessante gepraat over het ontwerpen van webpagina's en zoekmachines, was hij geestig en had gevoel voor humor, waardoor ik het heel erg naar mijn zin had.

Toen we weggingen, vroeg Paul mijn telefoonnummer, maar tot nu toe had hij me niet gebeld. Het verbaasde me niets. Ik ben niet echt een schoonheid als je begrijpt wat ik bedoel. Niet qua gezicht en niet qua figuur. Een jongen moet mij leuk vinden zoals ik ben. De meeste jongens met wie ik uit was geweest, lieten me na een poosje vallen, maar Paul leek anders.

Van ons vieren was Rebecca het populairst. Met haar opvallende uiterlijk kwam er geen eind aan de stoet jongens die haar beter wilden leren kennen. Na Victor kwam Thabo, die zes maanden met haar uitging voor ze erachter kwam dat hij zo'n macho was die meerdere vriendinnen tegelijkertijd had. Hij noemde Rebecca zijn koningin en zijn andere vriendinnen zijn truitjes omdat hij ze kon verwisselen wanneer hij maar wilde. Maar Rebecca wilde geen koningin en ook geen truitje zijn, dus had ze met hem gebroken.

Jay wilde altijd alle details weten van wat Rebecca en haar vriendjes uitspookten. Soms gaf Rebecca haar haar zin, maar andere keren liet ze niets los. Ze zei zelfs tegen de O'Connors dat ze bij ons was, terwijl ze in werkelijkheid uit was met een jongen.

Thuli erkende dat ze verlegen was ten opzichte van jongens. Als er jongens in de buurt waren, was Thuli net een bloem die al haar blaadjes introk. Haar verlegenheid maakte haar aantrekkelijk, maar er was tot nu toe geen jongen in geslaagd door haar pantser heen te breken.

Jay daarentegen was helemaal jongensgek. Ze was niet alleen stapelverliefd op Art, de zanger van de groep Just Jinger, maar ze had het ook regelmatig zwaar te pakken van de een of andere nieuwe jongen die ze pas had ontmoet. Op dit moment was dat knappe Matt met zijn gouden ketting om zijn hals. Helaas dreef

die verbintenis de moeder van Jay helemaal tot wanhoop, want hij was niet van Indiase afkomst.
'Als Paul je niet belt,' ging Jay verder, 'kunnen we er wel achter komen waar hij woont. Ik ken iemand die zijn vriend kent. Die kan...'
'Nee,' onderbrak ik haar. 'Als hij niet belt, dan niet. Ik wil niet achter een jongen aanlopen.'
'En gelijk heb je,' zei Rebecca. 'Jongens zijn al die moeite niet waard. Laten we het over iets anders hebben.'
'Waarom, Ribbetje? Ik vind het leuk om over jongens te praten,' hield Jay vol. 'Dat is heel wat beter dan sommige dingen waar jij over praat. En als er geen jongens waren, zou het leven zo saai zijn...'
Maar opeens werd ons geklets onderbroken door Ma die op de gang stond te schreeuwen en roepen.
'Nico, zet die trommel terug!'
'Laat me met rust, Ma!'
'Wat heb jij toch?' schreeuwde Ma. 'Geef terug!'
'Nee,' brulde Nico. 'Ik heb het hard nodig.'
Er klonk nog wat geschreeuw en er werd nog wat heen en weer geroepen en toen hoorden we Nico de deur uit stormen en de voordeur met een dreun dichtslaan.
Later, toen mijn vriendinnen naar huis waren gegaan, trof ik Ma huilend in haar slaapkamer aan.
'Wat is er aan de hand, Ma?'
'Niets, liefje.'
'Het was Nico, Ma! Wat heeft hij gestolen?'
Toen wist Ma dat ik alles had gehoord.
'Hij heeft het geld gestolen dat ik in de kast bewaar.'
'Waarom?'
'Dat zei hij niet. Ik denk omdat hij ergens schulden heeft.'
Nico bleef een paar dagen weg en toen hij weer terugkwam, heeft

hij geen verontschuldigingen aangeboden of het geld teruggegeven. Een week daarna belde Paul en vroeg of ik mee uitging. Het was fantastisch. We gingen naar de film en hebben daarna ergens pizza gegeten. We konden het uitstekend met elkaar vinden. Het was het begin van een goede vriendschap, leek me. De daaropvolgende paar maanden zagen Paul en ik elkaar regelmatig en het ging goed met onze relatie. Het was leuk om een echte vriend te hebben, hoewel het wel betekende dat ik minder tijd doorbracht met Thuli, Jay en Rebecca.

Eigenlijk kwam dat me niet slecht uit, want ik schaamde me over wat er was gebeurd met Nico toen mijn vriendinnen er waren. En ik wilde absoluut niet dat er zoiets zou gebeuren als Paul er was. Dus vroeg ik hem nooit thuis en was ik ook voorzichtiger met Thuli, Jay en Rebecca bij mij thuis vragen. Ik probeerde ervoor te zorgen dat ze kwamen als Nico niet thuis was.

## 10

## Vuurspuwer

Kort nadat Nico dat geld had gestolen, confronteerden Rebecca, Thuli en Jay mij ermee.
'Waarom heb je ons niets over je broer verteld?' vroeg Rebecca.
'Wat dan?'
'Ach, kom, Reena! Je hoeft voor ons niet te doen alsof.'
'Ribbetje, waar heb je het over? Ik doe niet alsof!'
'Iedereen weet dat hij crack gebruikt en een junkie is.'
Ik hoorde Rebecca's woorden wel, maar was te misselijk om iets terug te kunnen zeggen. Ze pakte mijn hand vast en zei: 'Sorry, Reena. Maar ik moest het wel zeggen.'
Het was waar. Ik had dat woord alleen nog nooit in verband met Nico gebruikt. Natuurlijk wist ik dat hij verdovende middelen gebruikte en mijn moeder wist het ook, ook al hadden we daar nooit over gepraat. We hoopten gewoon dat hij er gauw mee zou stoppen.
Eerst dachten we dat het alleen maar om *dagga*, marihuana, ging. Maar zijn gedrag werd de afgelopen maanden steeds vreemder. Hij was heel vaak niet thuis en als hij wel thuis was, was hij heel erg beverig. Hij zag er ook steeds onverzorgder uit. Het was voor iedereen duidelijk dat er met Nico iets aan de hand was, maar ik had me niet gerealiseerd dat ze precies wisten wat.
Ik was blij dat mijn vriendinnen eerlijk tegen me waren. Daar zijn we hartsvriendinnen voor, dacht ik. Het was een opluchting om

met hen over Nico's verslaving te kunnen praten, hoewel ik hun niet alles vertelde. Maar ze voelden met me mee. Thuli stelde voor dat Nico aan een afkick-programma mee zou doen.

Dat inspireerde mij om een paar dagen later nog eens te proberen er met Ma over te praten.

'Wat gaan we aan Nico doen?' vroeg ik haar.

'Hoezo Nico?'

'Aan zijn verslaving?'

Het bleef lange tijd stil terwijl Ma een manier probeerde te vinden om niet over dat onderwerp te hoeven praten.

'Zijn verslaving aan *crack*,' voegde ik eraan toe om maar meteen helemaal duidelijk te zijn.

'Wat kunnen we eraan doen? Niets,' zei ze. Ik zag dat ze haar lippen samenkneep. Dat deed ze altijd als iets te pijnlijk was om over te praten.

'We praten er niet over met elkaar,' zei ik. 'En we praten er ook niet over met Nico.'

'Als we hem ermee confronteren, dan komt hij gewoon nooit meer thuis,' zei Ma. 'En dan zijn we hem helemaal kwijt.'

Er zat wel een kern van waarheid in wat Ma zei. Nico kwam na zijn uitspattingen nog wel thuis, zelfs al was hij snel geïrriteerd en onaardig.

'Het zijn die waardeloze vrienden van hem,' zei mijn moeder. 'Zij houden hem de hele nacht buiten op straat en laten hem God weet wat voor andere toestanden zien.'

Het was zo erg om te zien hoe Nico's conditie verslechterde. Vanaf het begin, toen ik nauwelijks doorhad dat hij verslaafd was, tot aan de situatie waar het onmogelijk was om niet met één oogopslag te zien dat er iets goed mis was. De schaduwen onder zijn ogen waren donker, zijn gezicht vermagerd, zijn handen rusteloos. Vaak was hij somber, behalve wanneer hij net had gescoord en dan zag je weer even de oude Nico.

In het begin nam Nico nooit verdovende middelen mee naar huis. Hij ging altijd weg. Als hij iets nodig had, ging hij naar Rockey Street, de straat die bekend stond als 'de straat van de levende doden', of naar Hillbrow, op zoek naar iemand die hem iets wilde verkopen. Er stond een vervallen huis in Berea waar een heleboel junkies rondhingen en waar hij het witte poeder door een lege pen kon opsnuiven, in zijn aderen spuiten of kon freebasen: het spul koken en uit een glazen pijp roken.

Soms, als ik door Yeoville liep, zag ik hem met zijn drugsmaatjes, jonge mannen en vrouwen die er allemaal uitzagen alsof ze hun hersens kwijt waren. Op een keer staarde hij me aan met een lege blik alsof hij niet wist wie ik was. Zijn hele leven draaide om crack en de Nico die ik kende van vroeger, verdween gewoon. Hij werd een ander mens, immuun voor gevoel, immuun voor ons. Hij raakte zijn baan bij de supermarkt kwijt en verkocht zijn auto om een paar dagen cocaïne te kunnen roken.

Blut zijn en aan crack verslaafd, gingen niet goed samen. Zijn verslaving moet hem een fortuin hebben gekost. Op een avond doken er een paar wanhopig uitziende junkies bij onze flat op die naar Nico vroegen.

'Wie kunnen we anders nog proberen?' hoorde ik de een aan de ander vragen toen ze weggingen.

Door wat ze zeiden, was het duidelijk dat Nico zelf was gaan dealen om zijn verslaving te kunnen betalen.

In de daaropvolgende maanden verslechterde Nico's toestand ontzettend. Soms bleef hij dagenlang wakker en hij begon er heel erg onverzorgd uit te zien, want hij besteedde nauwelijks aandacht aan zijn uiterlijk en aan zijn gezondheid. Zijn kleren waren smerig en zaten vol schroeiplekjes. Hij liet zijn haar groeien en dat zag er als door de ratten aangevreten uit. Als hij thuis was, dat was meestal minder dan een dag per week, sliep hij altijd heel onrustig en wilde niet eten. Dan werd hij soms 's avonds weer zeer actief en vertrok weer, op zoek naar een nieuwe roes. Ma, Eric en ik wisten niet wat we met hem aan moesten.

Op een middag hoorde ik gesnik uit Nico's kamer. Ik klopte op zijn deur en dacht dat ik hem 'binnen' hoorde zeggen.

Hij zat op zijn bed te huilen en woelde met zijn handen door zijn beddensprei alsof hij hoopte dat er nog ergens crack te vinden was.

'Ik heb niet gezegd dat je binnen kon komen!' snifte hij. Maar hij leek niet al te boos, dus bleef ik maar. Ik probeerde voorzichtig met hem te praten.

'Nico, we maken ons allemaal zo'n zorgen om jou.'

'Dat hoeft niet,' zei hij.

'Natuurlijk wel,' zei ik. 'We zijn een gezin. We kunnen zien dat je in de problemen zit, maar we weten niet hoe we je kunnen helpen.'

'Ik zit niet in de problemen,' zei hij.

'Jawel, Nico. Je gebruikt te veel crack en dat soort spul.'

'Misschien,' gaf hij toe. 'Maar ik ben tenminste niet verslaafd.'

'O nee?' vroeg ik ongelovig.

'Nee. Ik kan goed met mijn crackgebruik omgaan. Ik ben niet zoals die zielige idioten die zich door dat spul laten overnemen. Ik bepaal wat er gebeurt. Als ik zou willen, zou ik nu kunnen stoppen.'

'Waarom doe je dat dan niet?' onderbrak ik hem.

'Omdat ik dat niet wil. Het is mijn leven. Ik maak zelf wel uit hoe ik leef.'

Ik bekeek Nico's kamer. Wat een rotzooi! En dan te bedenken dat ik die kamer ooit zo cool had gevonden. Nico's vuile kleren lagen op een hoop op de vloer. In de Chinese schaal op zijn bureau, die met de blauwe draken, lagen zijn glazen pijp en een paar reepjes gaas en aluminiumfolie. Zijn cd's waren verdwenen en zijn bandjes slingerden zonder hoesjes overal door zijn kamer. Er lag een kring van rafelige veren op zijn tafel. Ik vroeg me af waar hij die vandaan had.

Plotseling sprong Nico overeind, trok zijn jasje aan en liep de kamer uit.

'Waar ga je heen?' vroeg ik.

'Maakt niet uit,' zei hij, 'ergens waar niemand me vragen stelt.'

O, help, dacht ik. Nu komt hij helemaal nooit meer terug en dan is het mijn schuld.

Ik had Paul nooit iets verteld over mijn broer. Toen hij voorstelde bij mij langs te komen, moest ik snel een smoes bedenken. 'Nee, Ma heeft stof en jurken door het hele huis verspreid liggen. Ze heeft een grote opdracht en heeft de ruimte nodig om alles af te krijgen.'

Dus nodigde hij me bij hem thuis uit. Hij woonde in Kensington, wat niet ver weg was, in een huis met een kleine, maar spectaculaire tuin. Er groeiden cactussen, felrode pluimen en andere exotische planten en er waren prachtige borders met ijsbloemetjes, bloemriet, kortom, een kleurige tuin. Die tuin werd verzorgd door hun tuinman, Fana, een bescheiden jongeman die zijn verweerde hoed afnam om mij te begroeten.

'Wat ziet de tuin er mooi uit,' zei ik tegen hem.

'Ja, het is goede grond,' antwoordde hij en wreef wat aarde tussen zijn vingers.

Paul deed de voordeur open en liet me binnen.

'Ik ben hartstikke blij dat je er bent,' zei hij terwijl we naar zijn kamer liepen. 'Ik wil je voorstellen aan mijn andere vriendin.'

Ik was geschokt en dacht dat hij nog meer vriendinnen had, net als Thabo, die er meerdere vriendinnen op nahield. Maar toen kwamen we in zijn kamer en stelde Paul me aan haar voor.

'Is ze niet mooi?' zei Paul en wees naar zijn computer. 'En ze heeft een Pentium hart.'

Ik was zo opgelucht! Paul had gespaard om een snelle computer te kunnen kopen. Hij had de ene helft betaald en zijn ouders de andere helft. Hij vond het heerlijk me te laten zien wat hij ermee kon. Hij was niet alleen heel handig met de muis met spelletjes spelen, maar hij kon ook programmeren en begreep hoe zo'n ding in elkaar zat. Zijn kamer lag vol met computertijdschriften.

Hoewel ik Paul niets over Nico vertelde, wist ik wel dat als ik hem beter leerde kennen, ik hem de waarheid moest vertellen. In de tussentijd maakte ik me heel erg zorgen over Nico. We waren nu al een paar dagen verder en hij was nog niet thuis geweest. Ik voelde me schuldig. Toen, op een middag, zag ik hem op straat voorbijlopen met een meisje.

Ik wilde naar hem toe lopen en zeggen dat het me speet dat ik hem dingen had verweten, maar toen ik dichterbij kwam, herkende ik het meisje. O, nee, zou zij dat echt zijn? Ik kon mijn ogen niet geloven.

Om uit te leggen wie het was, moet ik eerst even vertellen dat er al een tijdje geleden tegenover ons flatgebouw een nieuwe straatonderneming was gestart. Ik had de mensen die eraan meededen, voornamelijk vrouwen, daar onder een felgekleurde parasol zien zitten, zo'n parasol die je normaal alleen tegenkomt op het strand in Durban. Maar deze vrouwen hadden geen badpakken aan! Sommige vrouwen zagen er precies zo uit als je van een del verwachtte: de bovenkant van hun kousen was zichtbaar onder heel korte jurkjes, ze hadden kanten bh's aan en bloesjes met een heel lage hals die ook nog eens nauwelijks waren dichtgeknoopt.

Ma noemde ze sekswerksters en dat was gewoon een politiek correcte uitdrukking voor 'prostituées'. Ik wist dat het prostituées waren en zelfs Eric wist het. Je kon hun klanten haast niet missen zoals die dag en nacht af en aan reden, stopten bij de parasol en hun raampjes opendraaiden om te vragen welke meisjes beschikbaar waren en tegen welke prijs. Na wat onderhandelen stapte het meisje dan in de auto en vervolgens reden ze weg.

Meestal zat er ook een man bij hen die aantekeningen maakte in een zwart boekje. Ma noemde hem hun administrateur, maar zelfs

Eric noemde hem 'de pooier'. Hij haalde de winst op van een stuk of zes meisjes die daar hun werk deden op die straathoek.

Dus je kunt je misschien wel voorstellen hoe verbaasd ik was toen ik Nico met een van die meisjes voorbij zag lopen. Ik herkende haar. Ze was het echt, zeker weten. De magere. Betaalde hij haar voor haar diensten? Of was het misschien zijn vriendin? Nee toch! Ik bleef stokstijf staan en liep toen een andere richting uit. Ik kon mijn verontschuldigingen echt niet aan Nico aanbieden met dat meisje erbij.

## 11

### Rode rozen

Thuli was niet alleen briljant op school, ze was ook heel goed in hockey. Ze speelde in het eerste schoolteam, ook al zat ze een klas lager dan de rest van het team. Ze was de ster van de wedstrijd, imponeerde haar tegenstanders met haar behendigheid en maakte vaak ook nog doelpunten.
Dat was ook het geval toen het schoolteam tegen Athlone speelde. Tegen de middag begon het te gieten en ik dacht dat de wedstrijd wel afgeblazen zou worden. Ik was nog thuis toen de stortbui in een enorme onweersbui veranderde. Gevorkte lichtflitsen scheurden de hemel open, gevolgd door zware donderslagen. Het was een erg zware bui, maar hij duurde maar heel even. Het weerlichten trok over en ook de donderslagen stierven weg in de verte. Er bleef alleen nog wat lichte regen over. Plotseling brak de zon door en begon helder te stralen.
'Kermis in de hel!' schreeuwde Eric tegen zijn vriendje Eké.
Eké had die uitdrukking nog nooit gehoord.
'Wat betekent dat?'
'Dat de zon schijnt terwijl het regent.'
Kort daarna droogde de regen op en verscheen er een prachtige regenboog. De plassen verdampten in de heldere zon en ik wist dat de hockeywedstrijd door zou gaan.
Ik ging naar de andere meisjes toe en we vertrokken met zijn vieren naar Northridge. Op weg van de bushalte naar school kwa-

men we net buiten de schoolpoort Samuel tegen, de conciërge. Hij had een weelderige dame bij zich.

Samuel was een heel lieve man die altijd op het terrein van de school liep op te ruimen. Hij raapte de rommel op die wij overal lieten vallen, hij maakte de toiletten schoon en de muren waarop sommige meisjes smerige boodschappen hadden geschreven, of hij repareerde met zijn gereedschap een hek of veegde het schoolplein schoon.

Ik was een keer in de pauze erg van streek en ging in mijn eentje op het volleybalveld zitten. Het was in de tijd dat ik ontdekte hoe erg Nico verslaafd was.

Net op dat moment kwam Samuel toen naar me toe en zei: 'Wat is er? Je ziet er zo verdrietig uit.'

'Ik ben ook verdrietig,' zei ik. 'Mijn broer zit behoorlijk diep in de problemen en ik kan er jammer genoeg niets aan doen.'

'Ja, ach, soms moeten mensen zichzelf helpen,' zei hij. 'Je kunt niet voor iedereen verantwoordelijk zijn.'

'Ik voel me zo zwak en nutteloos!' bekende ik.

'Maar je hebt een innerlijke kracht,' zei Samuel. 'Je ziel is net als de wind – die zweeft door de lucht!'

Ik zal die woorden nooit vergeten. Ze werden met zoveel gevoel uitgesproken. Zo poëtisch.

Vanaf dat moment vond ik het altijd heerlijk om met Samuel te praten over in harmonie met jezelf leven, of een goed contact hebben met je ziel.

Hij draaide zich naar ons om bij de schoolpoort en stelde ons voor aan de mollige dame, die zijn vrouw bleek te zijn.

'Dit zijn heel bijzondere meisjes,' zei hij tegen haar. 'In mijn dromen zijn zij het die op de grote trommels van de voorouders spelen.'

Net op dat moment reed het hoofd van onze school het schoolplein op in een van die witte Hyundai Lantra's die zo in de mode waren bij de vrouwen uit de noordelijke buitenwijken. Ik vond dat ze ons nogal vreemd aankeek. Alsof ze wilde zeggen dat het omgaan met de conciërge en zijn vrouw niet bij het schoolprogramma hoorde.

Tijdens de hockeywedstrijd moedigde ik ons team luidkeels aan en klapte iedere keer als Thuli haar tegenstanders te slim af was, maar eigenlijk maakte het me gewoon niet veel uit wie er won of verloor. Op een gegeven moment kwamen er een paar meisjes uit onze klas, Dorothy en Glorianne, naar ons toe en vroegen of we naar een hele grote houseparty, de *Mother Rave*, bij Randburg Waterfront wilden komen en met hen een paar ecstasy pilletjes wilden kopen. Ik had absoluut geen zin om ecstasy te proberen, of welke andere drug dan ook. Eén gezinslid aan de verdovende middelen was meer dan genoeg. We zeiden, nee, bedankt, maar ze vonden ons een stel meiden uit het stenen tijdperk. Voor hen was een houseparty je van het en ze waren trouwe feestgangers, als het kon iedere dag, zeven dagen per week. Geen wonder dat ze 's morgens met kleine oogjes op school aankwamen en dan tijdens de lessen weer in slaap vielen.

Tegen het einde van de wedstrijd had Thuli haar traditie van doelpunten scoren hooggehouden, maar toch verloor Northridge met 2 – 4. Thuli's ouders waren tijdens de tweede helft ook komen kijken. Ze feliciteerden haar na de wedstrijd en het was hartverwarmend om te zien hoe geïnteresseerd ze waren in haar prestaties. Ze persten ons alle vier in hun auto en reden ons terug naar Yeoville.

Toen ik thuiskwam, stond er weer een nieuwe bos rode rozen in een vaas op tafel. Dat ging nu al zo'n zes weken zo. Het waren mooie boeketten die werden afgeleverd in een bestelwagen van Interflora. Het waren altijd rode rozen en het waren er altijd tien met varengroen er tussen. En altijd met een kaartje dat aan mijn moeder was gericht.

Je raadt het al! Mijn vader was bezig mijn moeder weer het hof te maken. Hij deed zijn uiterste best haar terug te winnen. En ik kan je wel zeggen dat ze zich er in het begin heel ongemakkelijk onder voelde, maar dat haar houding duidelijk zachter werd. Iedere veertien dagen kwamen die rozen en altijd met een lief kaartje. Ma liet me de kaartjes niet zien, maar ik zag er een die met de tekst naar boven in de vuilnisbak lag. Er stond op: 'Geef me alsjeblieft een kans!' en was getekend met 'Dirkie'.

De volgende avond kwam Nico thuis, ver na middernacht. Het was de eerste keer dat hij weer thuis was nadat ik hem met mijn vragen de deur uit had gejaagd. Hij was in een afschuwelijke toestand: smerig, lijkbleek, onsamenhangend. Hij staarde met een nietsziende blik voor zich uit en had weer van die veren bij zich. Ik weet niet waar hij die veren vandaan had. Ze waren zo lelijk. Ik kon me voorstellen dat iemand de mooie veren verzamelde van een honingvogel of de kleurige veren van een oranje wever, of de veren met een motief erin van een hop, of de elegante veren van een zwaan. Maar wat had je nou aan de rafelige, smerige veren van een duif of een eend of zelfs een kip?

Hij ging naar zijn kamer en bleef daar dagenlang zitten. Hij is tenminste thuisgekomen, dacht ik. Ik had hem toch niet voorgoed weggejaagd. Maar ik durfde hem niet echt meer aan te spreken over iets wat ook maar in de verte als kritiek op zijn manier van leven kon worden gezien.

De collectie veren werd steeds groter. Ma had ze het liefst allemaal weggegooid, maar ze was bang dat ze hem het gevoel zou geven dat hij niet welkom was.

Later begon Nico ook met kiezelsteentjes. Ik had het kunnen begrijpen als hij tijgerogen was gaan verzamelen met die spectaculaire, driedimensionale patronen als een hologram. Of stukjes kwarts die gepolijst konden worden tot prachtige stenen voor hangers en armbanden. Maar nee, hoor! De kiezelsteentjes die hij

verzamelde waren niet eens kleurig of glad of eivormig. Voor zover ik het kon zien, was het niets bijzonders, gewoon scherpe steentjes zonder glans. Hij maakte er cirkeltjes mee, vooral op zijn kamer: op de tafel, op het kleed, zelfs op zijn bed.
En toen begon hij de twee verzamelingen te combineren. Hij maakte een kring met steentjes op tafel en stak er vervolgens veren in. Ik kreeg weer hoop. Aha, er zat misschien toch iets achter! Hij verzamelde die materialen om er sculpturen mee te maken. Misschien zouden de cirkels steentjes en veren op tafel op een dag een vogel worden, of een boom, of een moeder en kind. Maar zoiets kunstzinnigs kwam er nooit uit.
Eric keek angstig en gefascineerd toe hoe Nico deze bizarre voorwerpen schikte. Uiteindelijk vroeg hij Nico wat hij deed.
'Gaat jou niks aan, gaat niemand wat aan en als ze willen weten wat ik doe of waar ik ben, zeg dan maar dat ik naar een vreemd land ben.'

## 12

## In koelen bloede

Als we na school snel thuis wilden zijn en er maar geen bus kwam opdagen, hadden we geen zin om lang te wachten en namen we een Combi-taxi. Jay en ik zouden nooit zelf in zo'n taxi stappen, maar met Thuli en Rebecca erbij leek het ons wel veilig genoeg. We raceten dan de Louis Botha Avenue op. De taxi haalde alle gewone auto's in en toeterde zodat iedereen opzij zou gaan voor de Combi. Ze waren een geval apart en Jay's moeder zou ongetwijfeld een hartaanval hebben gekregen als ze had geweten dat we die taxi's namen, aangezien ze vaak betrokken waren bij schietpartijen. Mijn moeder zou woest zijn geweest als ze het had geweten. Ze had over de taxi-oorlogen gehoord op het nieuwsbulletin van Radio 702. In de laatste aflevering werd verteld hoe een chauffeur en twee passagiers op de Louis Botha Avenue waren doodgeschoten vanuit een passerende taxi. Maar toch, ook al wisten we van het geweld, we moesten leven alsof ons nooit iets zou gebeuren.

Op een ochtend vertelde Thuli me dat een familielid van haar was doodgeschoten. Met tranen in haar ogen vertelde Thuli dat haar nicht pas vierentwintig was, net getrouwd en dat ze verpleegster was in het Johannesburg Ziekenhuis. Haar man was haar 's avonds laat komen ophalen toen haar dienst erop zat. Op de terugweg werden ze bij een stoplicht overvallen door twee mannen met AK47 geweren. Helaas reden ze in een nieuwe BMW. De man bood even weerstand terwijl hij bedacht hoe hij in deze situatie moest handelen. Dat duurde net even te lang. De overvallers schoten hen beiden neer, reden weg en lieten de man verlamd achter en het nichtje van Thuli stervende.

Toen werd er vlak bij ons, op Cavendish Road, een vrouw ontvoerd. Ze werd onder bedreiging van een mes meegenomen naar de buitenwijken van Joburg, vlak bij Soweto, en verkracht. Het nieuwsbulletin op Radio 702 meldde dat Joburg nu qua verkrachtingen nummer één was in de hele wereld. Wat een prestatie! Er werd aangekondigd dat een op de vier vrouwen in Zuid-Afrika tijdens haar leven wordt verkracht. Wat het allemaal nog erger maakte, was dat een op de vier mensen HIV had.

De moeder van Jay reageerde slecht op het nieuws. Behalve dat ze nog eens twee extra sloten op de deur zette, waardoor het er nu in totaal acht waren, ging ze haast niet meer naar buiten, behalve die zeldzame keren dat de vader van Jay thuis was van zijn reizen.

Niet alleen dat, maar ze was zo zenuwachtig dat ze bij het minste of geringste in tranen uitbarstte. Zij en Jay lagen vaak met elkaar overhoop. De moeder van Jay wilde niets liever dan dat Jay op traditionele wijze zou opgroeien, maar Jay zat zo niet in elkaar. Iedere keer als ze uit eten ging, at ze met opzet hamburgers, omdat ze, zo zei ze, genoeg had van het vegetariër zijn. Ze was ook heel erg modebewust en was gek op alternatieve rockmuziek. Je had haar kamer eens moeten zien. Alle muren waren volgeplakt met foto's van de band Just Jinger. Jay had een keer een brief geschreven waarin ze vroeg waarom er maar zo weinig leuke foto's van de band waren. Ze stuurden haar toen enorme posters van zichzelf en ook een echte foto die schuin onderaan was ondertekend door alle bandleden. De moeder van Jay probeerde haar er altijd van te weerhouden naar Just Jinger te luisteren, maar die slag zou ze nooit winnen. Net zomin als ze Jay ervan kon weerhouden met Matt, die knappe jongen, uit te gaan.

'Als ik zou kunnen, zou ik morgen verhuizen,' zei de moeder van Jay tegen ons terwijl ze ons weer een van die heerlijke Indiase gerechten van haar voorzette.
'Waar zou u heen gaan?' vroeg ik haar.
'Mauritius. Het is het paradijs daar. Ze noemen het de parel van de Indische Oceaan, wist je dat? Ik heb daar vrienden wonen en die zijn echt gelukkig. Het is er vredig en er wonen veel Indiase mensen daar. Als ik geld had, zou ik er morgen met mijn gezin heen verhuizen en die waanzin hier de rug toekeren.'
Rebecca vroeg Jay later of ze weg zou gaan uit Joburg.
'Nooit,' antwoordde Jay. 'Ik zou jullie niet in de steek willen laten voor een achterlijk eiland in Nergenshuizen. En trouwens, kijk eens!'
Ze liet ons de nieuwe cd van Just Jinger zien.
'Een cadeautje van Matt,' zei ze stralend.
Rebecca had ook een nogal grote verandering meegemaakt ten opzichte van haar adoptie-ouders. Ze zei tegen ons dat ze zo'n enorme hekel had aan dat hele gedoe waar haar ouders haar aan dwongen mee te doen. Toen ze jonger was moest ze iedere zondag naar de kerk en ze kreeg het vormsel toegediend toen ze twaalf was. Bij de O'Connors thuis stond een foto van het toedienen van het vormsel op de schoorsteen. Op de foto stond Rebecca als echt keurig katholiek meisje, in het wit gekleed, haar haar ontkroesd. Sinds dat moment had Rebecca pertinent geweigerd om nog mee naar de kerk te gaan en nu maakte ze haar ouders ook duidelijk dat ze helemaal niets met hun geloof te maken wilde hebben.
'Het is zo stom dat het ene geloof zegt dat ze gelijk hebben en dat alle andere vormen van geloof verkeerd zijn,' zei Rebecca tegen mij. 'Ik geloof niet in al die onzin.'
Thuli, Jay en ik wisten dat we daar niet welkom waren. Meneer O'Connor tolereerde onze aanwezigheid alleen als we samen huiswerk maakten en zelfs dan maakte hij van die snijdende opmer-

kingen over het omgaan met de goede soort mensen. Rebecca's ouders hadden grote ambities voor hun 'dochter' en wilden dat ze naar de universiteit ging en dat ze iets van haar leven zou maken, net als hun eigen kinderen. Die waren nu allebei volwassen en bezig met hun carrière. Rebecca werd voortdurend aangemoedigd zich te ontwikkelen, maar niemand kon zich onttrekken aan de sombere sfeer in dat huis. Iedereen die dat huis binnenkwam, moest eerst langs het waakzaam oog van een porseleinen heilige Maagd met rode wangen die op een tafeltje in de hal stond.

Een paar meisjes bij ons op school noemden Rebecca achter haar rug kokosnoot, omdat ze vonden dat ze bruin was aan de buitenkant, maar wit van binnen. Dat kwam deels door haar Ierse accent, en deels door de dingen waar ze in was geïnteresseerd. Maar die meisjes kenden haar niet echt. Voor Jay en Thuli en voor mij was Rebecca gewoon Rebecca: een meisje met veel karakter. En, tot het voorval in het Apollo Café, wisten zelfs wij niet wat zich binnen in haar afspeelde.

Jay, Rebecca, Thuli en ik waren naar het café gelopen om wat frisdrank te kopen, iets wat we wel vaker deden. Toen we hadden uitgezocht wat we wilden hebben, liep Jay naar de toonbank om te betalen. Ik liep met haar mee, mijn flesje Fanta in de hand. Thuli liep naar buiten om daar op ons te wachten. Rebecca stond nog in een hoek van de winkel tijdschriften te bekijken. Haar aandacht was gevallen op een artikel over Brenda Fassie. Ze las alles over het echte leven van de popster, de opkomst, neergang en wederopkomst van die super-energieke diva.

Plotseling stormde een vent de winkel binnen. Hij richtte iets van onder zijn hemd vandaan op meneer Andropoulos.
'Geef me geld!'
Meneer Andropoulos deed de kassa open.
Jay en ik bleven stokstijf staan, maar toch zag die vent ons opeens.
'Op de grond!'

Jay en ik gingen zo snel we konden op de grond zitten. Twee andere klanten, twee vrouwen van middelbare leeftijd die bij de kruideniersafdeling stonden, gingen ook op de grond zitten.
'Liggen!' beval de man.
We gingen allemaal op onze buik liggen.
Uit mijn ooghoek zag ik hoe meneer Andropoulos geld uit de kassa haalde en het op de toonbank legde. Ik zag ook Rebecca staan, helemaal verdiept in haar artikel. Ze had niets gemerkt van wat er gaande was!
Toen ze het artikel had uitgelezen, draaide ze zich om om naar ons toe te komen en liep bijna tegen de roofovervaller aan. Hij pakte haar vast met zijn ene hand.
'Wat doe je?' vroeg hij.
'Wat bedoel je?' vroeg Rebecca.
De man trok zijn hemd op en wees op zijn pistool.
'Dit is een overval. Ga op de grond liggen.'
Toen zag ze ons allemaal voor het eerst op de grond liggen.
'Hé,' zei ze tegen die vent. 'Je kunt hier niemand beroven! Waarom ga je niet gewoon rustig weg, dan komen er geen problemen.'
Nee, Ribbetje! dacht ik. Laat die vent nou maar dat geld krijgen! Bemoei je er niet mee!
'Wil je dat ik je doodschiet?' vroeg de roofovervaller en ik kon zien dat hij geen seconde zou aarzelen om dat pistool te gebruiken.
Maar Rebecca bleef gewoon staan, recht tegenover die vent.
'Op de grond!' beval de roofovervaller voor de tweede keer en hij gaf haar met zijn linkerhand een duw.
Rebecca verloor haar evenwicht en greep naar de toonbank om niet te vallen.
Plotseling klonk er een schot. En toen nog een.
Mijn hart stond stil. Alles ging nu in slowmotion. Het pistool was recht op Rebecca's hart gericht toen de schoten vielen. Ik zag haar T-shirt bewegen waar de kogels haar lichaam binnendrongen.

Naast me schokte Jay twee keer van het geluid van het schot. Rebecca moet meteen dood zijn geweest. Meneer Andropoulos deed een stap naar voren vanaf de rand van de toonbank en sloeg zijn armen om Rebecca heen zodat ze niet op de grond zou neerkomen.

De roofovervaller griste het geld weg en rende de winkel uit. Hij botste bijna tegen Thuli aan die naar binnen kwam gerend en zag welke ramp ons net had getroffen.

Ik voelde zelf hoe ik rilde, maar ik was helemaal dood van binnen. Goeie God! Was dit echt? Rebecca was mijn beste vriendin, mijn hartsvriendin. En nu was ze dood! Ik begroef mijn gezicht in mijn armen en snikte het uit. Rebecca! Ribbetje! Waarom ging je niet gewoon op de grond liggen? Dan leefde je nog! Zo jong! Hoe kon dit zo gebeuren? Rebecca! Ik hield zoveel van je!

Jay naast me was in een shocktoestand. We keken elkaar even aan toen we de onontkoombaarheid van de situatie beseften. Onze hartsvriendin was er niet meer.

'Hé, jullie twee! Sta op!'

Ik hoorde zeker dingen die niet bestonden. Dat was de stem van Rebecca.

'Kom op! Wegwezen!'

Ik keek op. Ik kon mijn ogen niet geloven. Een wonder! Rebecca leefde!

Thuli omhelsde haar.

Ze leefde niet alleen nog, ze mankeerde ook niks. Jay en ik staarden haar aan. Hoe had ze dat overleefd: twee kogels door haar hart?

We stonden verdwaasd op.

'Ribbetje, is alles goed met je?'

We liepen op Rebecca af alsof ze een geest was.

'We dachten dat je...' begon Jay te zeggen, maar stopte.

Net op dat moment kwam een auto met gierende banden voor de

winkel tot stilstand. De zoon van meneer Andropoulos, Theo, kwam naar binnen gerend. Hij werd op de hielen gevolgd door Petrus, de kapper.
'Pa, alles goed? Ik maakte me zo vreselijk zorgen. Godzijdank leef je nog! Wat is er gebeurd? Petrus zei dat hij schoten hoorde.'
'Met mij is alles goed, Theo. Dit meisje werd twee keer beschoten. Van dichtbij. Het was een wonder. Hij miste haar beide keren.'
Ik wist dat hij haar niet had gemist. Ik had haar T-shirt zien bewegen waar de kogels haar lichaam binnendrongen.
'Hoeveel heeft hij meegenomen?' vroeg Theo aan zijn vader.
'Ik weet het niet. Alles uit de kassa.'
'Alles goed met jou?' vroeg Petrus heel bezorgd aan mij.
'Ja.'
'En je vriendinnen?'
'Ja, alles is goed met ons.'
'Jullie moeten maar naar huis gaan om bij te komen van de schrik. En drink wat suikerwater. Ze zeggen dat dat goed voor je is.'
Jay, Rebecca, Thuli en ik verlieten de winkel. Thuli hield Rebecca met haar ene hand vast terwijl ze haar tranen afveegde met haar andere hand. Ik weet niet waar de anderen aan dachten, maar ik voelde de warmte van de zon op mijn huid en ik voelde me overmand door blijdschap dat wij nog steeds leefden en die heerlijke warmte konden voelen. Het hele leven leek me plotseling echt een geschenk. En zo breekbaar. Ons leven hing aan een ragfijn, zijden draadje.
'Misschien was het pistool leeg,' zei Jay toen we de weg afliepen.
'Nee,' zei ik. 'Ik zag het T-shirt bewegen waar de kogels naar binnen gingen.'
Rebecca deed niet mee aan het gesprek. De volgende dag was ze ziek. Dat moet een soort vertraagde shock zijn geweest.
Na het voorval kocht Theo een geweer dat hij altijd bij de hand hield. Soms zat hij achter in de winkel het geweer schoon te maken

en zijn patronen te tellen. Zo af en toe legde hij het geweer tegen zijn schouder en richtte op zogenaamde inbrekers. Ik weet niet of de andere klanten zich veiliger voelden door dat gedoe, maar ik in ieder geval niet.

# 13

## Opnieuw geboren

Na de schietpartij had ik nachtmerries. Ik droomde dat er twee keer op Rebecca was geschoten, dat er bloed uit haar borst vloeide en dat ze daar vlak voor onze ogen in die winkel stierf. Het was een vreselijke, realistische droom en wat ik ook probeerde, de droom kwam iedere keer terug.

Toen de moeder van Jay hoorde wat er was gebeurd, zette ze nog twee sloten op haar voordeur. Totaal: tien. Het maakte die flat echt brandgevaarlijk. Niemand zou ooit door die deur kunnen ontsnappen als er brand uitbrak, want het duurde ongeveer een halfuur om de goede sleutel voor het goede slot te vinden.

Het was zielig om te zien hoe bezorgd ze werd zodra Jay het huis verliet.

'Wees voorzichtig, Jaymini. Hoe laat ben je thuis? Pas goed op, lieverd. Bel me als je er bent en voor je weggaat.'

Als Jay later thuiskwam dan ze had beloofd, wist haar moeder zich geen raad. Dan belde ze mijn moeder, de O'Connors of Thuli's ouders, om uit te zoeken waar ze was en tegen de tijd dat Jay thuiskwam, was het arme mens volledig in paniek en had ze last van hartkloppingen.

Wie kon het haar kwalijk nemen? Op het mededelingenbord bij de supermarkt OK Bazaars hingen aangrijpende foto's van jonge mensen die nooit meer thuis waren gekomen. 'Promise Nguni, elf jaar, voor het laatst gezien in Berea met een man van middelbare leeftijd,' of 'Jennifer Blom, zeventien, voor het laatst gezien op Nieuwjaarsdag in Hillbrow'.

Maar wat ik ook merkte, was dat Jay zelf heel erg schichtig was geworden. Ze was bang van donkere plekken en soms draaide ze bij het minste of geringste geluid haar hoofd om te luisteren wat er was. Als ze ergens heen ging, zorgde ze ervoor dat er altijd tenminste een van ons bij haar was.

Rebecca's ziekte duurde meer dan twee weken. Thuli, Jay en ik gingen haar opzoeken, maar meneer O'Connor zei dat we niet binnen mochten komen.

'Rebecca heeft koorts en ze krijgt antibiotica. Waarom wachten jullie niet een paar dagen?'

Thuli was vreselijk ongeduldig. Ze wilde Rebecca gewoon even zien om er zeker van te zijn dat ze in orde was, zowel lichamelijk als geestelijk. Ze vertelde ons dat het vreselijk voor haar geweest was om buiten te zijn, die geweerschoten te horen en niet te weten of er iemand dood was.

Toen we nog een keer langsgingen, liet meneer O'Connor ons binnen. 'Een paar minuutjes, meer niet. Ze heeft rust nodig.'

Rebecca zag er ziek uit. Er stonden pareltjes zweet op haar voorhoofd.

Thuli liep naar haar bed toe.

'Fijn je weer te zien, Ribbetje,' zei Thuli terwijl ze haar voorzichtig omhelsde. 'Jeetje, wat ben je warm.'

'Hoe is-tie?' vroeg ik. 'Hoe voel je je?'

'Niet best,' antwoordde Rebecca.

'Jammer,' zei Jay. 'Word je al een beetje beter?'

'Ja, dat wel,' zei ze. 'Vorige week had ik alleen maar nachtmerries en koortsdromen. Maar nu kan ik me in ieder geval weer goed genoeg concentreren om te lezen.'

Op het tafeltje naast haar bed lag een beduimeld exemplaar van *Duin*, haar lievelingsboek, sciencefiction.

'Ik heb ook eng gedroomd,' zei ik tegen haar, maar ik wilde niet zeggen waarover.

Meneer O'Connor gooide ons er na ongeveer vijf minuten uit en dat was misschien ook maar het beste. Rebecca moest herstellen. Het nieuws van het wonder was als een lopend vuurtje door Yeoville en Northridge gegaan. Mensen die ik nauwelijks kende, kwamen naar me toe en vroegen me mijn versie van het voorval te vertellen. Ik zei altijd hetzelfde: 'Ik zag haar T-shirt bewegen waar de kogels haar lichaam binnendrongen.' Diezelfde woorden stonden later in de North East Tribune, in een lang artikel met een foto van Rebecca ernaast.

Toen Rebecca uiteindelijk weer op de been was, trok ze overal waar ze heen ging de aandacht. Mensen die ze absoluut niet kende, herkenden haar en wilden graag met haar over wonderen praten. Er kwam zelfs een vrouw naar haar toe die haar vroeg haar hals aan te raken, in de hoop dat ze daardoor van haar pijnlijke artritis zou worden genezen. Rebecca deed wat haar werd gevraagd, maar we hebben nooit gehoord of die mevrouw van haar pijn was verlost.

Toen ik Paul daarna zag, vroeg ik hem hoe hij over wonderen dacht.

'Hoe bedoel je?'

Ik vertelde hem in detail wat er was gebeurd bij de schietpartij.

'Ik geloof alleen in wat wetenschappelijk kan worden aangetoond,' zei Paul.

'Ik ook,' zei ik, nestelde me knus tegen hem aan en vergat voor een uur of twee bijna wat we hadden meegemaakt.

'Misschien was het de luchtdruk uit het geweer,' zei Paul later.

'Wat voor luchtdruk?'

'Als je met een losse flodder schiet, wordt er wel lucht door de loop gestuwd. Je zag gewoon Rebecca's shirt bewegen door de luchtverplaatsing.'

'Misschien,' zei ik.

Het voorval had ons allemaal veranderd. Wij vieren voelden ons heel nauw met elkaar verbonden door die afschuwelijke ervaring. Het geklets op school waar we altijd even enthousiast als iedereen aan hadden meegedaan, leek plotseling leeg en kleinzielig. Wie niet met ons in de Apollo was geweest, kon niet weten hoe het was geweest, zelfs al beschreven we het tot in de kleinste details. Ik kreeg heel sterk het gevoel dat we ons leven niet mochten verdoen, dat ik er op de een of andere manier zoveel mogelijk uit moest halen, maar hoe precies, dat wist ik niet. Thuli moet ook zo'n gevoel hebben gehad, want ze praatte er steeds vaker over dat ze medicijnen wilde gaan studeren. Ze had het er al vaak over gehad dat ze erover dacht verpleegster te worden, net als haar overleden nichtje, maar ze begon nu meer te denken aan dokter worden.

Maar wat Rebecca had moeten doormaken, konden zelfs Thuli, Jay en ik niet echt weten. Het had in ieder geval duidelijk een grote invloed op haar gehad, daar was geen twijfel over mogelijk. Ik neem aan dat dat voor iedereen zou gelden. Opeens geloofde ze dat de een of andere macht op haar had gelet die dag. En ik denk niet dat je haar dat kunt verwijten. Als mijn leven op die manier gespaard zou zijn gebleven, was ik misschien ook in hogere machten en zo gaan geloven.

Een van de eerste aanwijzingen dat er een duidelijke verandering in Rebecca had plaatsgevonden, was haar haar. Toen we nog heel jong waren, zei Rebecca altijd tegen mij dat ze mijn steile, blonde haar zo bewonderde. Jarenlang had ze haar eigen haar netjes opgestoken, alsof ze probeerde het zo weinig mogelijk te laten opvallen. Maar nu maakte ze er werk van en droeg het trots los, in heel dunne vlechtjes. Jay, Thuli en ik vonden het prachtig.

'He, Ribbetje, dat ziet er cool uit!' zei ik.

We zeiden haar dat ze met haar nieuwe uiterlijk makkelijk voor een popster of de een of andere beroemdheid kon doorgaan. Maar ze was niet in de stemming voor zulk geklets.

'Luister,' zei ze. 'Ik wil niet meer dat jullie me "Ribbetje" noemen, oké?'
'Goed, Rebecca, als je dat niet meer wilt.'
'En ik wil ook niet meer dat jullie me "Rebecca" noemen.'
'Wat dan?' vroeg ik.
'Sindizwe,' antwoordde ze.
'Wat?' riepen we allemaal uit. 'Waarom? Waarom Sindizwe?'
'Omdat dat mijn echte naam is. "Rebecca" is alleen mijn Engelse naam. Mijn moeder heeft me de naam Sindizwe gegeven. Dat staat op mijn geboortebewijs. En ik wil ook haar achternaam gebruiken, Nyamakaze.'
'Jeetje, het zal niet makkelijk zijn je zo te noemen,' zei ik. 'Ik ken je al mijn hele leven als Rebecca.'
'Jammer dan, maar ik ben Sindizwe. Dat ben ik echt. Ik was nooit echt Rebecca. Dus probeer het maar te onthouden!'
'Oké, oké!' zei ik. 'Trouwens, Benna heeft me vanochtend gevraagd of je langs wilt komen en Eké's benen aan wilt raken.'
'Ik heb genoeg van al dat gedoe. Zeg maar tegen haar dat ik geen genezer ben.'
'Maar, Ribbetje, ze is zo oprecht... sorry, ik bedoel, Sindizwe... Ze wil alleen maar dat Eké net zo goed kan lopen als iedereen.'
Het duurde even voor we gewend waren aan de nieuwe naam Sindizwe. Jay en Thuli kregen het eerder voor elkaar dan ik. Mijn probleem was dat ik nog steeds aan haar dacht als Rebecca, zelfs al was ze duidelijk totaal veranderd door de onzichtbare kogels.
Mijn moeder was ook heel erg bezorgd door wat er in het Apollo Café was gebeurd. Ze zat te tobben over wat ze moest doen.
'Misschien moeten we er toch maar aan gaan denken om hier weg te gaan,' mompelde ze.
'Waar naartoe?' vroeg Eric.
'Maakt niet uit,' antwoordde Ma. 'Misschien moeten we het aanbod van Pa maar aannemen. Hij wil een huis voor ons kopen

ergens in de noordelijke buitenwijken, waar we veilig zullen zijn.'
Ik wilde niet weg. Mijn beste vrienden woonden hier in Yeoville.
'En Nico dan?' vroeg ik.
Ik wist dat die vraag niet beantwoord kon worden.
Zijn cirkels van steentjes en veren werden steeds smeriger. Ma was aan het eind van haar Latijn. Er kropen *gogga*, insecten, door die cirkels heen: mieren, kevers en zelfs een paar rupsen. Er verscheen af en toe ook een stukje zilverpapier van chocoladerepen en een zilveren dopje van een melkfles, waarschijnlijk om er een beetje glitter aan toe te voegen.
Maar zijn verzamelingen waren nog niets vergeleken met hoe hij er zelf uitzag. Hij had een opgejaagde uitdrukking op zijn gezicht en door wat hij er zo af en toe uitkraamde, begrepen we dat hij ernstig in de problemen zat.
Hij kwam een keer tegen het aanbreken van de dag thuis, ging naar de badkamer en liet het bad vollopen. Kort daarna hoorden we hem roepen: 'Er zit cholera in het water! Ze proberen me te vermoorden!'
Hij rende het bad uit, nat en al, en sloot zich op in zijn kamer. Natuurlijk waren Eric, Ma en ik meteen klaarwakker en konden niet meer slapen. Toen ik later naar de badkamer ging om mijn tanden te poetsen, zweefden er veren in het badwater en lagen er een paar kiezelsteentjes in een cirkel rond de afvoer. Vreemd!
'Ik hoop niet dat je gaat verhuizen,' zei Sindizwe tegen me toen ik haar vertelde dat mijn moeder erover dacht uit Yeoville weg te gaan.
'Ik hoop ook van niet,' zei Thuli.
'Ik ook niet,' zei Jay. 'Jij bent de enige die om mijn grapjes lacht.'
'Weet je, in plaats van verhuizen,' zei Sindizwe, 'zouden de mensen moeten proberen het hier beter te maken. Als iedereen dat deed, moet je eens zien hoe goed dat zou zijn.'
Tja, daar waren we het allemaal wel mee eens.

Kort daarop kwamen we een keer uit school met zijn vieren en zagen hoe mevrouw Rubin probeerde nieuwe krachttermen die 's nachts aan de graffiti-muur van Valmar Court waren toegevoegd, eraf te krijgen.

'Het is vreselijk wat ze deze plek aandoen,' zei mevrouw Rubin.

'Het gaat er zo niet af,' merkte Sindizwe op. 'Die muur moet opnieuw geschilderd worden.'

Mevrouw Rubin stopte met schrobben.

'Ik kan hem niet schilderen,' zei ze en ze keek omhoog om te zien hoe hoog de muur was en hoe ver hij zich aan beide kanten uitstrekte.

'Nee,' zei Sindizwe. 'Dat moet iemand anders doen. Misschien Reena hier, of Thuli. Die muur echt mooi maken.'

We schoten allemaal in de lach.

'En kijk eens hoeveel onkruid er staat!' steunde mevrouw Rubin. 'Het gras wordt nooit meer gemaaid.'

'Als iemand het gras hier netjes wil hebben, kunnen ze maar beter niet wachten tot de gemeente het doet. De mensen moeten het zelf doen,' zei Sindizwe.

Mevrouw Rubin keek Sindizwe aan.

'Weet je, jongedame, je hebt helemaal gelijk.'

We lieten mevrouw Rubin achter met haar eigen gedachten en liepen de ingang van Valmar Court in. Benna sprong bijna meteen op ons af. Volgens mij had ze daar al een hele tijd staan wachten. Ze pakte Sindizwe bij de arm en stond erop dat ze Eké aanraakte. Sindizwe weigerde, maar Benna smeekte het haar.

'Ik geef je geld!' zei Benna.

'Ik wil je geld niet,' antwoordde Sindizwe.

'Eké!' schreeuwde Benna. 'Kom onmiddellijk hier!'

Eké kwam binnen.

'Rebecca gaat je benen beter maken.'

Sindizwe onderbrak Benna om haar te zeggen dat ze niet langer Rebecca heette. Benna maakte er geen punt van.

'Oké, Sindizwe. Waar moeten we heen? Heb je een bed nodig zodat hij kan gaan liggen?'

'Nee,' zei Sindizwe. 'Hier is het goed.'

Ze liet Eké op de trap zitten en hield zijn knieën stevig vast.

'Zo,' zei ze, heel kort daarna.

'Dank je wel!' zei Benna. 'Zeg eens dank je wel, Eké.'

'Dank je wel.'

Toen we naar boven liepen, naar de flat van Thuli, mompelde Sindizwe: 'Bijgelovige mensen!'

## 14

## De Schorpioen

Pauls elektronica- en softwarewereldje was goed geordend en alles ging volgens de regels van de logica. Dat was over het algemeen ook best leuk. Maar soms werd hij geheel in beslag genomen door iets wat fout was gegaan en weer hersteld moest worden, en dan verveelde ik me helemaal dood. Maar verder deden we allerlei gewone dingen samen, zoals tv kijken of we gingen naar zijn vrienden, die best oké waren.

Ik zat op een keer in de keuken bij Paul terwijl hij boterhammen met gesmolten kaas voor ons maakte. Er werd op de achterdeur geklopt. Het was Fana, de tuinman. Hij was goed ziek en hoestte vreselijk. Hij zei tegen Paul dat hij die dag niet verder kon werken. Fana's kamer lag buiten in de achtertuin, over een houten bruggetje (dat door Fana was gemaakt) over een vijver (door Fana gegraven) met goudvissen. Er was geen elektriciteit in de kamer, dus gebruikte hij een olielamp als verlichting en een benzinebrander om op te koken. De ouders van Paul lieten Fana gratis in die kamer wonen, mits hij voor hun tuin zorgde in het weekend en af en toe meehielp met klusjes die gedaan moesten worden. Het was een regeling waar beide partijen iets aan hadden. Fana kon op de andere dagen van de week tuinieren voor andere huiseigenaren in de buurt, zodat hij geld kon verdienen om iedere maand naar zijn familie in Zimbabwe te sturen.

Paul gaf Fana een paar aspirientjes en wat water en zei tegen hem dat hij beter kon gaan rusten.

'Het gaat niet goed met hem,' zei Paul tegen mij. 'Ik maak me zorgen om zijn gezondheid. Ik moet tegen mijn moeder zeggen dat ze de dokter belt.'

Paul was een aardige knul en ik voelde me op mijn gemak bij hem. Ik denk dat hij me zekerheid bood op een moment dat ik dat nodig had.

Ma had eigenlijk alleen Ramilla om op te leunen. Volgens mij was dat de reden waarom ze er toch over dacht om terug naar Pa te gaan. De rode rozen bleven komen. Ik vroeg me net af hoe lang Pa dat zou volhouden, toen hij opeens op een zaterdagmiddag weer voor de deur stond.

Ma liet hem volgens mij wel wat enthousiaster binnen dan die andere keer. Pa groette mij en Eric hartelijk.

'Waar is Nico?' vroeg hij.

'Hij is met een paar vrienden op stap,' zei Ma, niet helemaal volgens de waarheid.

Pa kletste een hele tijd met mij en Eric. Toen wij naar onze kamer gingen, kletste hij met Ma. Ze maakten geen ruzie. Een uur lang hoorde ik het gemurmel van hun stemmen. Ma stond op om koffie te zetten en daarna praatten ze verder. Uiteindelijk hoorde ik Pa zich klaarmaken om weg te gaan, dus ik stapte naar binnen om afscheid te nemen.

'Ik hou contact,' zei hij terwijl hij Ma een kus op haar wang gaf.

'Gedraag je!' zei hij tegen Eric en mij.

'Wat wilde Pa?' vroeg Eric later.

'O, hij wilde me gewoon vertellen hoe goed het met hem gaat en hij wilde weten of we hulp nodig hadden.'

'Wat heb je gezegd?' vroeg ik.

'Ik heb gezegd dat het goed met ons gaat en dat we het wel redden.'

Eric keek mij schuin vanuit zijn ooghoeken aan.

'Met Nico gaat het niet goed,' zei hij.

Eric had gelijk: het ging helemaal niet goed met Nico. Op een avond kwam hij schreeuwend de flat ingerend: 'Laat ze niet binnen! Ze vermoorden me met rattengif!' Ma gluurde in haar nachthemd door de ramen, helemaal bleek van schrik, maar de straat buiten was uitgestorven. Nico schoot zijn kamer in en deed de deur op slot. We konden hem nog steeds horen schreeuwen: 'Nee! Zeg tegen de Schorpioen dat ik er niet ben! Hij schiet me overhoop!' Zelfs tegen de ochtend was hij nog niet gekalmeerd. 'Als de Schorpioen weet waar ik ben, ben ik er geweest. Hij kent geen genade.' Dat was onze eerste kennismaking met Nico's paranoia. We konden hem absoluut niet kalmeren.

'Je oudste broer ziet er niet goed uit,' zei mevrouw Rubin op een keer tegen me. 'Hij moet eens naar een dokter.'

Ik vroeg me af hoeveel mevrouw Rubin van hem wist en of ze door de muren heen misschien allerlei dingen had gehoord. Maar als dat al zo was, dan was ze toch veel te aardig om te klagen.

Eigenlijk zou mevrouw Rubin me al heel snel enorm verbazen. Ik lag op een zaterdagochtend nog lekker in mijn bed te luieren, toen ik een geluid onder mijn raam hoorde. Ik keek naar buiten en daar liep de oude mevrouw Rubin. Ze had lange handschoenen aan en raapte afval op van straat. Vlak bij haar duwde een man een grasmaaier door het onkruid en het lange gras.

Later bracht mevrouw Rubin twee bekers koffie naar buiten voor de man en voor haarzelf en pauzeerden ze even. Ik ging naar beneden om ze te vertellen hoe goed het eruitzag. 'Dit is Joesoef,' zei mevrouw Rubin en ze stelde me voor aan een oudere man die ik nog nooit had gezien. Hij had een grijze baard, droeg een lichtbruin vest en had een met goud geborduurd mutsje op.

'Mevrouw Rubin en ik gaan het hier weer helemaal opknappen,' zei hij met een twinkeling in zijn ogen.

Ik hoorde later dat mevrouw Rubin Joesoef het gazon voor zijn huisje had zien maaien en ze had hem gevraagd of ze zijn grasmaaier mocht lenen om het gebied rond Valmar Court netjes te maken. Hij wilde er niets van weten. Een dame mag zulk zwaar werk helemaal niet doen, had hij gezegd. Hij bood aan het zelf voor haar te komen doen.

Ongeveer een week later kwamen Sindizwe, Thuli en ik mevrouw Rubin en Joesoef weer tegen. Ze waren aan het werk bij het Apollo Café.

'Nee, hij betaalt ons niet. We vinden dit gewoon leuk om te doen, hè, mevrouw Rubin?'

Vanaf dat moment waren ze een paar ochtenden per week op straat te vinden. In plaats van in alle eenzaamheid binnen te blijven hangen, hadden die twee een nieuw doel in hun leven gevonden. Ze gingen van de ene straat naar de andere, van het ene veld naar het andere. Ze waren bijzonder welkom bij de eigenaren van allerlei huizen en winkels, bij wie ze op deze manier de buurt opknapten. Het was zelfs zo dat Joesoef al snel werkte met een grasmaaier op benzine die hem voor dat doel was geschonken.

'Ze doen het goed, vind je niet?' zei Petrus tegen mij. 'Het is goed voor de zaken om zo'n mooi gazon te hebben voor mijn kapperszaak.'

Ik kon zien dat het goed ging met hem. Hij had nu een accu om zijn tondeuse van stroom te voorzien. Hij had ook twee muziekvrienden gevonden die af en toe met hem kwamen spelen. De een was krantenverkoper, de andere werkte in de drankwinkel. Ik vond ze geweldig klinken, vooral die harmonie tussen hun stemmen en hun gitaren.

'Jullie zouden een band moeten oprichten,' zei ik tegen ze.

'Doen we ook,' zei Petrus. 'We zoeken alleen nog iemand die goed kan drummen.'

Nico was die hele periode voortdurend paranoïde en ratelde maar door over de Schorpioen die hem zou verscheuren, zijn buik open zou rijten, hem zou onthoofden of hem op een andere akelige manier zou vermoorden.

Op een nacht werd ik wakker van Nico, die weer eens in een gewelddadige bui was. Ik weet zeker dat alle buren hem deze keer hoorden. Nico's geschreeuw was veel harder en veel schriller dan Madame Butterfly's gekweel en zij had tenminste nog de beleefdheid om niet om drie uur 's nachts te oefenen.

'Geef me die verdomde creditcard!'

Zo te horen werd er met dingen gegooid en gesmeten.

Ik rende mijn kamer uit en zag Nico Ma's schoudertas door haar slaapkamer gooien. Toen begon hij dingen van boven op haar kast naar beneden te smijten, de plek waar ze de belangrijke papieren bewaart.

'Waar heb je hem verstopt?'

'Rustig, Nico!'

'Schiet op, Ma, ik maak geen grapjes!'

Plotseling keerde hij zich naar haar toe en trok in dezelfde beweging een stiletto.

'Waar is-ie? Ik heb hem nu nodig!'

'Doe dat mes weg!' smeekte Ma. 'Ik ben je moeder.'

'Het kan me niet schelen wie je bent! De Schorpioen wacht niet!'

Hij hield het mes bij Ma d'r keel.

'Waar is die verdomde creditcard?'

Ik kon het niet meer aanzien. Zonder na te denken liep ik de kamer binnen en zei: 'Nico! Leg dat mes neer. Je weet dat je Ma geen pijn wilt doen. Stop dat mes weg. We zoeken wel een andere manier om je uit de problemen te krijgen.'

Nico draaide zich om. Ik bleef op afstand, maar hield mijn ogen op hem gericht.

'Ma houdt heel veel van je, Nico. Wij allemaal.'

Nico keek verwilderd. Het leek of hij ons plotseling herkende.

Hij viel snikkend op zijn knieën op de grond.
'Mijn God, wat ben ik aan het doen? Het is gebeurd met me. Ik had van het Ponti-gebouw af moeten springen. Dat heb ik bijna gedaan. Ik had het echt moeten doen. Het is gebeurd met me. Ik ben geen mens meer.'
Hij stak de stiletto in het vloerkleed en het mes bleef gewoon staan. Ma bukte en omhelsde hem. Hij liet het mes los en zijn handen vielen slap naar beneden.
'Kom, Nico. Je hebt rust nodig.'
Ma leidde hem naar zijn kamer, naar zijn bed, over de grond die bezaaid lag met kiezelsteentjes en veren en glimmende zilveren balletjes. Ik liep mee voor het geval hij weer gewelddadig zou worden. Op weg naar zijn bed, stond hij stil bij zijn tafel en gooide de inhoud van de Chinese schaal over het tafelblad. Er zat niet veel in. Alleen maar een spuit, een doosje lucifers en een paar papieren zakdoekjes. Hij keek er eens goed naar en tikte tegen dingen om te kijken of er ergens nog een klein beetje crack lag. Maar er was niets meer. Hij kromp snikkend ineen op zijn bed en rolde zich helemaal op.
'Laat de Schorpioen me niet doodmaken! Zeg niet tegen hem dat ik er ben! Hij mag me niet vinden! Zorg dat hij me geen glas te eten geeft!'
Ma en ik liepen de kamer uit. Eric stond in elkaar gedoken tegen de muur van de gang, zijn ogen vreselijk bang.
Ma zei tegen mij: 'Wat nu?'
Ik fluisterde: 'Bel de dokter!'
Toen Nico een half uur later de deurbel hoorde, deed hij zijn slaapkamerdeur op slot en weigerde zijn kamer uit te komen of iemand binnen te laten.
De dokter ging in de woonkamer zitten. Ma zette koffie voor hem en voor haarzelf. Het begon net licht te worden. Na de koffie belde de dokter even op en kort daarna kwam de politie.

'Hij moet naar het ziekenhuis,' legde de dokter uit.
De politie probeerde het eerst op de zachte manier, pratend door de deur. Toen dat niet werkte, wachtten ze gewoon af. Uiteindelijk raakte hun geduld op en bonkten ze op Nico's deur.
'Luister, als je niet naar buiten komt, trappen we deze deur in, dus je kunt net zo goed rustig naar buiten komen.'
'Rot op!' schreeuwde Nico. 'Ik weet wie jullie zijn. Jullie komen me vermoorden!'
De politie stond op het punt de deur te forceren, maar ik wou het graag anders doen. Ik vroeg de politie of ze het mij een keer wilden laten proberen. Ik klopte zachtjes op de deur.
'Nico! Ik ben het! Reena. Laat me alsjeblieft naar binnen. Ik laat niemand je pijn doen, dat beloof ik je.'
Er viel een stilte en toen klonken Nico's voetstappen. Hij deed de deur op een kiertje open, zodat hij net naar buiten kon kijken.
'Hé. Mijn kleine zusje. Kom binnen.'
Een half uur later vond hij het goed om naar het ziekenhuis te gaan als ik met hem in de auto meeging. De politie stond erop om Nico handboeien om te doen. Ik had zo'n medelijden met hem.
In het ziekenhuis werd Nico onderzocht door een psychiater. Ma en ik zaten in de wachtkamer. Na een uur kreeg Nico te horen dat hij overgeplaatst zou worden naar het Sterkfontein Ziekenhuis. Nico ontplofte bijna toen hij dat hoorde.
'Ik ga niet naar een gekkenhuis!' schreeuwde hij en viel de psychiater aan. Hij sprong van het bed af, rende de gang uit in de richting van de hal en gooide een wagen met linnengoed om zodat degenen die hem volgden niet bij hem konden komen. Mannelijke verpleeghulpen werden opgeroepen om hem te overmeesteren. Er waren er drie voor nodig om hem in bedwang te krijgen. Ze sleepten hem terug naar zijn kamer en hielden hem vast terwijl de dokter een kalmeringsmiddel in zijn aderen spoot.
Hij werd de volgende dag overgeplaatst.

# 15

## Peace

Ik vroeg me vaak af wat meneer en mevrouw O'Connor vonden van de veranderingen die hun geadopteerde dochter doormaakte. Ze moesten het feit dat ze geen enkele belangstelling meer had voor hun geloof wel accepteren. Ze konden haar niet dwingen haar nieuwe haardracht te veranderen. Ze had nu kleurige kralen en vlechtjes in haar haar en zag er fantastisch uit. Maar ze weigerden haar iets anders dan 'Rebecca' te noemen. De sfeer in dat huis daalde tot het nulpunt en het werd er zo koud dat je al half bevroor als je de voordeur doorliep. Ik vond dat Sindizwe in een heel snel tempo volwassen was geworden. Ze leek nu veel ouder en kreeg opeens allerlei uitgesproken ideeën. Ze kreeg op een dag bijvoorbeeld opeens de ingeving dat ze zichzelf moest ont-adopteren. Ze vertelde me dat ze zich in dat onderwerp zou gaan verdiepen en dan de procedure zou beginnen. Ze kwam ook weer terug op het schilderen van de blinde muren van Valmar Court.

'We gaan ze niet alleen schilderen,' zei ze met een fanatieke glans in haar ogen, 'maar we gaan ze versieren met heel veel kleuren. Nee, beter nog, we bedekken dat hele stuk met prachtige, veelkleurige afbeeldingen. We gaan een waanzinnige muurschildering maken! Het wordt fantastisch! In plaats dat die muur zeer doet aan je ogen, wordt hij juist een trekpleister hier. Mensen zullen van heinde en verre komen toestromen om hem te zien.'

Ik was natuurlijk weer minder geïnspireerd dan mijn idealistische vriendin. Ik wierp allerlei bezwaren op.

'Je hebt toestemming nodig om die muur te schilderen.'

'Tuurlijk, maar jullie huisbaas zal maar al te blij zijn als zijn muur er beter uit gaat zien; het lijkt nu net of er schimmel op de muur staat.'

'De verf kost een fortuin.'

'Maak je geen zorgen, we gaan ervoor zorgen dat de mensen uit de buurt ons sponsoren.'

'Die muur is te groot voor een muurschildering.'

'Onzin, we zorgen dat er een heleboel mensen komen helpen.'

'Wie moet het ontwerp maken?'

'Jij natuurlijk, jij houdt van kunst.'

'Nee, dat is te ingewikkeld voor mij, dat zou er nooit professioneel uitzien.'

'Nou, dan vinden we wel een beroepskunstenaar. En als de muur een succes wordt, zouden we ook alle andere muren in Yeoville kunnen doen.'

Ik vond het allemaal veel te ver gaan. Misschien ging Sindizwe wel door een periode van bezetenheid na haar trauma.

Maar Sindizwe straalde zoveel energie uit. Zelfs ik voelde het. En Benna was helemaal optimistisch. Ik zag haar af en toe op het grasveld bij het flatgebouw met Eké en dan moedigde ze hem aan om een paar stappen te doen zonder krukken. Het was een zielig gezicht.

'Hij is echt beter gaan lopen, vind je niet?' zei Benna tegen me.

'Zijn benen zullen gauw sterk genoeg zijn om te kunnen lopen. Kijk eens hoe sterk zijn spieren worden.'

Ik wist er niets op te zeggen. Ik zag geen enkele verbetering.

Eké was heel erg op Sindizwe gesteld geraakt sinds ze hem had aangeraakt en dat was wederzijds. Sindizwe was altijd aardig tegen de jongen.

'Wat wil je worden als je groot bent?' vroeg ze hem.
'Ik weet het niet,' zei hij. 'Onderwijzer misschien.'
'Ja, jij zou een goede onderwijzer zijn. Ik zou graag willen dat jij mijn leraar was. Ik kan goed werken en dan geef jij me goede cijfers.'
Eké werd er verlegen van. Ik denk dat hij verliefd was op Sindizwe. Maar wie niet?
Ik was helemaal niet verbaasd toen Sindizwe Thuli, Jay en mij vertelde dat ze een heel interessante man had ontmoet. Ondanks Jay's verzoek om meer bijzonderheden, liet ze zich niet overhalen meer te zeggen. In plaats daarvan regelde ze het zo dat wij met zijn allen naar hem toe gingen om hem in eigen persoon te ontmoeten. Hij woonde in een kamer op de bovenste verdieping van een gebouw bij Times Square. Het was oorspronkelijk een kamer voor bedienden, die nu werd verhuurd.
'Hé, zijn dit je vriendinnen? Hoe gaat-ie! Ik ben Peace.'
Peace had een mooie, diepe stem en was heel hartelijk.
Sindizwe stelde ons allemaal aan hem voor. Hij was zo mooi dat ik met moeite mijn ogen van hem af kon houden. Sindizwe had wel een heel goede keus gemaakt!
'Ik heb alles over jullie project gehoord,' zei hij.
'Welk project?' vroeg ik.
Peace keek Sindizwe aan.
'De muur van Valmar Court!' legde ze uit.
'O, dat project,' zei ik.
'Ja, ik heb erover nagedacht,' zei Peace, 'en ik denk dat het een soort collage moet worden...'
'Peace is kunstenaar van beroep,' zei Sindizwe met een knipoog naar mij.
'Ik zit op de kunstacademie,' zei hij.
'Maar je hebt geld gekregen voor werk dat je hebt gemaakt,' zei Sindizwe.

'Ja, maar degene die dat werk heeft gekocht was nogal slechtziend!'
'Echt waar?' vroeg Jay.
'Nee, ik maak maar een grapje.'
'Kunnen we wat werk van je zien?' vroeg ik
Peace wilde dat eigenlijk niet, maar Sindizwe stond erop. Hij pakte een uitpuilende map met tekeningen en gaf die aan mij.
'Voorzichtig, hè! Je hebt mijn hele toekomst in je handen!'
Thuli en Jay keken over mijn schouder mee. Ik moet zeggen dat ik onder de indruk was van wat hij maakte. De meeste tekeningen waren naar het leven gemaakt. Veel rauwe energie. Ook pittige schetsen van statige naakten.
'Wat denk je van een paar daarvan op dat gebouw van jullie?' grapte Peace.
Nadat we de map hadden bekeken, bespraken we wat voor collage het beste zou zijn. Jay stelde voor plaatselijke musici te schilderen, Thuli had liever beroemde Zuid-Afrikanen, zo lang het niet allemaal politici waren. Verder kwamen er nog voorstellen over sportmannen en -vrouwen, of inheemse vogels en dieren.
'We zouden ze allemaal kunnen nemen,' stelde Sindizwe voor, 'op verschillende gebouwen!'
Later die middag kreeg ik de kans om Peace te vragen of Peace, vrede, zijn echte naam was.
'Echt waar,' zei hij.
'En ben je vreedzaam?' vroeg ik hem.
'Ja, maar toen ik jong was, was ik een *tsotsi*, lid van een bende.'
Ik was zo jaloers op Sindizwe dat ze iemand als Peace aan de haak had geslagen. Hij leek zo fris, zo vol levenskracht. Precies goed voor Sindizwe, dacht ik.
Toen ik daarna bij Paul was, voelde het zo anders. Hij leek veel jonger dan Peace. Nou ja, dat was hij ook. Maar hij leek ook veel minder vrij. Misschien kwam dat omdat hij nog bij zijn ouders woonde. Peace woonde op zichzelf.

Toch was het fijn om bij Paul te zijn. Zijn moeder reed ons vaak naar het Eastgate Centre waar we uren doorbrachten in het Internet Café. Hij vond het heerlijk over de hele wereld te surfen en te chatten met allerlei gasten in Kaapstad, Canada of Californië. Ik dronk meestal een cappuccino en keek toe.

Op een avond verraste hij me met een cadeau. Het was verpakt in papier met rode hartjes. Er zat een rood doosje in en daarin zat weer een polshorloge. Het was zo'n horloge dat automatisch wordt opgewonden als je je arm beweegt. Ik heb hem er hartelijk voor bedankt, hoewel ik me wel wat zorgen maakte dat hij onze relatie te serieus begon te nemen.

In de maanden dat ik nu met Paul omging, was duidelijk geworden dat Fana heel erg ziek was. Op een keer kwamen we terug van een of ander uitje en troffen Fana zittend in de garage aan. Hij haalde zo moeilijk adem dat het leek of hij voor iedere ademtocht moest vechten. Ik herkende hem nauwelijks. Hij was ongelooflijk mager geworden. Hij bestond alleen nog maar uit vel en botten.

'Je moet niet meer in de tuin werken,' zei de moeder van Paul. 'De dokter zei dat je in bed moest blijven. Begrijp je?'

Fana hobbelde op de een of andere manier terug naar zijn kamer. Hij mompelde in zichzelf dat als hij niet werkte, hij geen geld naar zijn familie kon sturen.

'Jammer, het gaat steeds slechter met hem,' zei Pauls moeder toen Fana buiten gehoorsafstand was. 'We moeten iemand anders zoeken om de tuin te doen. Wat een ellende.'

Ik had Paul nog niet verteld dat Nico in Sterkfontein zat. Maar nu Nico niet thuis was, nodigde ik Paul uit. Dat werd wel eens tijd. Hij ontmoette mijn moeder en Eric en kon het best met ze vinden. Natuurlijk had ik ze wel gevraagd niets te zeggen over Nico's problemen en dat hadden ze ook niet gedaan.

Eigenlijk waren mijn moeder, Eric en ik opgelucht dat Nico in het ziekenhuis lag. Hij was tenminste veilig en er werd voor hem gezorgd. We mochten hem de eerste week niet bezoeken, want de artsen zeiden dat hij tijd nodig had om er te wennen en van de crack af te komen.

Zo'n tien dagen nadat Nico was opgenomen, ging onze deurbel. Toen ik ging kijken wie het was, zag ik dat magere meisje staan. Ik herkende haar meteen en ik voelde me heel erg opgelaten. Het was de sekswerkster van de andere kant van de weg, hetzelfde meisje dat ik een tijdje geleden met Nico had gezien. Ik had haar nog nooit eerder van dichtbij gezien en was geschokt toen ik zag dat ze jonger was dan ik.

'Sorry dat ik je lastigval,' zei ze, 'maar ik heb Nico nodig.'

'Hij is er niet,' zei ik tegen haar.

'O, Jezus,' zei ze. 'Ik moet hem spreken. Waar is hij?'

'In het ziekenhuis.'

'Welk ziekenhuis?'

'Ver hier vandaan,' zei ik. 'Nog voorbij Krugersdorp.'

'Ach jee, wat nu?' vroeg ze zielig.

Ik wist het ook niet.

'Luister,' zei ze, 'als je hem ziet, zeg hem dan dat Lily wanhopig is, oké?'

Een paar dagen later was ze terug en vroeg weer naar Nico. Deze keer deed mijn moeder de deur open en vertelde haar hetzelfde verhaal, dat Nico in Sterkfontein was en voorlopig nog niet terug zou zijn. Toen ik hoorde dat het Lily was, ging ik naar de deur om even gedag te zeggen. Haar eerdere bezoek had me wel wat gedaan.

'Mevrouw, heeft u een baan voor me?' vroeg Lily plotseling.

'Maar je hebt al een baan,' zei mijn moeder nogal onverschillig.

'Hoe kun je dat wat ik doe een baan noemen? Ik wil een echte baan.'

## 16

## Mafketels

Waar mevrouw Rubin en Joesoef de energie vandaan haalden, was een raadsel voor iedereen die ze aan het werk zag.
'Het geeft een kick, dit allemaal,' zei Joesoef tegen me terwijl hij met zijn tuingereedschap de lange sprieten wild gras te lijf ging. 'We worden iedere dag jonger, hè, Adèle?
Deze laatste opmerking was gericht aan mevrouw Rubin! Dus die spraken elkaar nu met de voornaam aan; de oude jodin en de oude moslim.
Dankbare huis- en winkeleigenaren gaven hun vaak iets te eten en drinken, knoopten een gesprek aan en wisselden roddeltjes uit. Ze werden al snel bekende en geliefde personen in de buurt.
'Hoe gaat het met je broer?' vroeg mevrouw Rubin.
'We gaan hem morgen opzoeken,' antwoordde ik.
Ik was optimistisch gestemd toen ik met mijn moeder op bezoek ging in het Sterkfontein Ziekenhuis. Hoewel Eric met ons mee wilde, zei Ma dat het deze keer niet ging; volgende keer.
Er staat een muur om Sterkfontein om de patiënten binnen te houden en mensen van buiten eruit. Ma reed door de slagboom naar het parkeerterrein. We kregen te horen dat hij op zaal twaalf zat, een lange ruimte met rijen bedden. We moesten in een kantoortje wachten tot hij binnen werd gebracht. Hij had een gestreept uniform aan, net als een gevangene. Hij zag er anders uit. Zijn ogen waren rustiger.

Ma gaf hem druiven en perziken, zijn lievelingsfruit. Ze gaf hem ook allerlei snoep.

Hij zei niet zoveel, maar klaagde dat de andere mannen bij hem op zaal mafketels waren. Er zat een seriemoordenaar bij die minstens twaalf vrouwen had gewurgd. Een andere vent was ervan overtuigd dat hij een paard was. Hij draafde en galoppeerde door de zaal, hinnikte de hele tijd en klakte met zijn tong.

'Wanneer mag ik hier weg?' vroeg Nico.

'Zodra ze vinden dat het beter met je gaat,' zei Ma.

'Maar ik ben niet gek,' zei Nico.

'Nee, dat ben je niet,' zei Ma. 'Maar de drugs die je hebt gebruikt, hebben wel je hersens aangetast. Je moet je best doen om jezelf voor altijd van die stoffen te zuiveren.'

Nico leek neerslachtig.

'Je moet de groeten van Eric hebben', zei ik.

'Bedankt. Doe hem ook de groeten van mij.'

Toen onze bezoektijd voorbij was, liep een zaalverpleegster met ons mee het kantoortje uit.

Ik kon nog net tegen Nico fluisteren: 'Lily is langs geweest. Ze zei dat ze wanhopig is en dat ze je moet spreken.'

'Ja,' zuchtte Nico. 'Wie is er vandaag de dag niet wanhopig?'

Er kwam een patiënt langs die ons een minachtende blik toewierp.

'God heeft beschikt dat we dit land regeren, onthoud dat!' zei hij.

'Ja, meneer de president!' zei Nico.

'We moeten leven en sterven voor ons volk!' zei hij.

'Ja, meneer de president!'

'Zonder een sterke regering wordt het een chaos!'

'Ja, meneer de president!'

Toen de patiënt voorbij was gelopen, glimlachte Nico wrang.

'Dat moet ik nou de hele dag aanhoren. De sufferd denkt dat hij Verwoerd is.'

Toen we die middag in Sterkfontein waren, was Pa plotseling

komen opdagen voor een van zijn bezoekjes. Eric had hem binnengelaten. Samen hadden ze een vaas gezocht en de rozen in het water gezet. Ze hadden duidelijk al een tijd gezellig zitten kletsen toen Ma en ik thuiskwamen.

'Waarom heb je het me niet verteld?' vroeg hij.

'Wat?'

'Van Nico.'

Ma barstte bijna in tranen uit. Ik kon het zien aan de manier waarop ze op haar bovenlip beet.

'Waar zou dat goed voor zijn geweest?' vroeg ze.

Pa keek naar het kleed. Misschien ging er een golf van schaamte door hem heen. Hij moet zich toch hebben gerealiseerd dat Nico's toestand op de een of andere manier te maken had met de slechte relatie tussen hen tweeën. Maar misschien dacht hij wel dat Nico het had verdiend, vond hij dat iemand zoals hij in een gekkenhuis opgesloten moest worden.

Het was onmogelijk te zeggen. Toen Pa weer opkeek, zei hij: 'Kan ik Nico een keer gaan opzoeken?'

Ma maakte hem meteen goed duidelijk dat het beter zou zijn als hij dat niet deed, dat Nico erdoor van streek kon raken en daardoor maanden terug kon vallen in zijn herstelprogramma.

'Misschien kun je hem spreken als hij weer thuiskomt. Maar alleen als hij je wil zien.' Ze wachtte even en voegde er toen aan toe: 'En als je belooft geen ruzie met hem te maken.'

'Natuurlijk.'

Na de koffie stond Pa op om weg te gaan. Hij vroeg of hij eerst even naar de wc kon.

Onderweg naar de wc hoorden we hem plotseling zeggen: 'Jezus, wat is hier aan de hand?'

Hij had in Nico's kamer gekeken en de rommel gezien. En die was niet eens meer zo erg als eerst, want Ma had al zijn kleren gewassen en ze netjes gevouwen op hun plek gelegd.

Ma, Eric en ik liepen snel naar Nico's kamer waar Pa de veren stond te bekijken.

'Moeten we deze rotzooi niet opruimen?' vroeg hij.

'Ik weet het niet,' zei Ma.

'Dat is wel een goed idee, Ma,' onderbrak ik. 'Als Nico dan thuiskomt, kan hij helemaal opnieuw beginnen.'

Ma stemde toe, maar alleen op voorwaarde dat we niets weggooiden. We deden alle veren, kiezelsteentjes en folie in aparte plastic zakken. Ik stopte de cassettebandjes weer in hun hoesjes. Pa pakte de veger om andere rommel op te vegen en Ma stofzuigde tenslotte nog even en verschoonde het bed.

Het zag er zo allemaal veel beter uit.

'Doe me een lol, jullie allemaal,' zei Pa, 'en overweeg alsjeblieft of je bij mij in de noordelijke buitenwijken wilt komen wonen. Dan kunnen we allemaal opnieuw beginnen.'

Ma, Eric en ik bezochten Nico bijna elk weekend. Na de eerste maand was hij weer bijna de oude dankzij de medicijnen die hij kreeg. Maar de artsen wilden hem de tijd geven om de werkelijkheid weer onder ogen te zien en te bedenken wat het zou betekenen als hij weer terug zou vallen in een leven van verslaving. Ze wilden dat hij de kracht en vastberadenheid zou ontwikkelen om zijn vroegere gewoonten te kunnen weerstaan.

Ondertussen brachten Sindizwe, Jay, Thuli en ik vaak een bezoek aan Peace. Vanwege mijn artistieke neigingen werd ik de assistent-ontwerper van Peace. Soms ging ik in mijn eentje naar hem toe om met het project te helpen. We hadden foto's van sportberoemdheden verzameld die door Peace werden omgezet in tekeningen. Ik had de graffiti-muur opgemeten en met die gegevens werkte Peace uit hoe groot ieder sportfiguur zou moeten zijn. Daarna probeerde hij verschillende ontwerpen uit. Ik vond ze allemaal interessant, maar Peace vond ze allemaal even levenloos.

"Ik ben niet zo gek op sport, dat is een beetje het probleem,' zei hij. 'Jij wel?'
'Niet echt. Ik ben alleen soms toeschouwer als Thuli hockeyt. Dat is het wel zo'n beetje,' zei ik.
'Laten we iets heel anders gaan doen!' stelde Peace voor.
Hij haalde kleurige schetsen te voorschijn die hij had gemaakt van mensen die aan het werk waren. Mensen die aan het timmeren waren, of geld telden, kookten, een roofoverval pleegden, typten, een auto repareerden, dat soort dingen.
'Die zijn hartstikke gaaf!' riep ik uit.
'Ja, ben ik met je eens. Dynamisch, hè! Nou, wat vind je ervan als we in plaats van die sportfiguren deze doen?'
Ik was het helemaal met hem eens.
'Het zal er fantastisch uitzien op Valmar Court! Veel levendiger,' zei ik. 'Maar je zult er veel meer moeten maken om de hele muur te kunnen vullen.'
Ik vroeg hem wanneer hij die tekeningen had gemaakt. Kortgeleden, vertelde hij. Het was een project van de kunstacademie. Hij was erop uitgetrokken met een camera en had foto's gemaakt van mensen die aan het werk waren.
'Veel beter dan foto's uit tijdschriften gebruiken,' legde hij uit, 'want je kunt de persoon van wie je een foto maakt leren kennen. Het is niet zo anoniem.'
'Hoe heb je een overvaller kunnen fotograferen terwijl hij bezig was?' vroeg ik.
'Mevrouw Sherlock Holmes, hè? Die heb ik geënsceneerd.'
Peace vroeg of ik zin had om een pilsje, of cola als ik dat liever had, te gaan drinken om deze beslissing te vieren.
We gingen naar Tandoor's, op het dak. Ze kenden Peace daar goed; vaste klant, nam ik aan. We zaten op de muur, keken neer op Rockey Street en zagen hoe het steeds drukker werd op straat naarmate het later werd. Auto's stonden nu dubbel geparkeerd.

De *jollers*, de feestvierders, waren naar Yeoville gekomen om eens lekker uit te gaan.

'Ik wilde je iets vragen, Peace,' zei ik. 'Toen ik je voor het eerst ontmoette, zei je dat je een *tsotsi*, lid van een bende, was geweest. Was dat een grapje of is het waar?'

'Nee, dat is waar,' zei hij. 'Ik ben opgegroeid in Soweto. En iedereen met wie ik opgroeide was een *tsotsi*. Ik had altijd een mes bij me. En ik moest dat mes ook vaak gebruiken. Het was het recht van de sterkste, oog om oog, tand om tand. Mijn moeder was ontzettend bang voor mijn broer en mij. Ze wist zeker dat we op een dag allebei dood thuis zouden worden gebracht. Maar voor mij en mijn broer was het gewoon dikke pret. Wij groeiden op terwijl we zagen dat er mensen die wij kenden, werden vermoord. Je wende er gewoon aan.'

'Waardoor ben je veranderd?'

'Kijk, mijn moeder wilde dat ik iets ging doen in deze wereld. Zij is een van die vrouwen die haar hele leven voor een blanke mevrouw heeft gewerkt. Ze zorgde ervoor dat ik naar school ging en leerde lezen. Ze voedde me op met het idee dat er meer was dan het leven in een bende. Op een dag sloegen een paar gasten die ik kende, mij en mijn broer Clint in elkaar. Ze sloegen en schopten ons tot ik helemaal buiten westen was. Mijn broer was er ook slecht aan toe. Kijk!'

Hij liet me twee valse tanden zien aan de ene kant van zijn gebit. 'Dat is alles wat ik eraan heb overgehouden. Maar ik was bont en blauw. Mijn broer ook. Ze dachten dat ze ons naar het hiernamaals hadden geschopt. Maar Clint was nog bij bewustzijn. Hij sleepte zich naar de weg en riep om hulp. De artsen van het Baragwanath Ziekenhuis hebben mijn leven gered, zeker weten. Na zo dicht bij de dood te zijn geweest, begon ik het met mijn moeder eens te zijn dat ik iets anders moest gaan doen. Ik werkte hard en kreeg toen een beurs om naar de kunstacademie te kunnen gaan.'

'En je broer? Wat doet hij nu?'
'Hij steelt auto's.'
'Echt waar?'
'Ja, na dat pak slaag werd Clint alleen maar erger. Hij kreeg een geweer te pakken en terroriseerde iedereen op zijn school. Hij heeft zelfs een leraar een keer bedreigd dat als hij hem niet over liet gaan aan het eind van het jaar, hij maar beter goed op zijn gezin moest letten. Na in de loop van het geweer van Clint te hebben gekeken, gaf de leraar hem een voldoende hoewel zijn werk vreselijk slecht was. Uiteindelijk maakte het niets uit. Clint ging van school en ging van berovingen over op onder bedreiging auto's van mensen pikken, van *tsotsi* naar professionele gangster.'
Peace en ik hadden het echt heel gezellig bij Tandoor's, maar ik vroeg me wel af wat Sindizwe ervan zou vinden dat ik met hem daarheen was gegaan. Aan de andere kant had ze nooit blijk gegeven van een bijzondere band met Peace.
'Hoe kan ik dat nou vervelend vinden?' antwoordde ze toen ik haar ernaar vroeg. 'Het ziet ernaar uit dat jij hem hebt ingepikt.'
'Nee, Sindizwe, ik zou niet met hem uitgaan als jij hem als vriend wilde.'
'Nou, jullie twee kunnen het heel goed met elkaar vinden,' zei ze. 'Toen ik hem ontmoette, dacht ik alleen maar dat hij de ideale persoon was om ons te helpen.'
Ik vond het moeilijk in te schatten of ze kwaad op me was omdat ik belangstelling toonde voor Peace. Of misschien bespeurde ik wel een gevoel van jaloezie bij haar.
Peace spendeerde veel tijd aan ons project. Soms ging ik met hem mee als hij mensen ging fotograferen. Op een keer nam hij me mee naar een oud pakhuis in Denver. Er klonk vreemde, maar mooie, elektronische muziek toen we door een zijdeur naar binnen gingen. Er stond een spotlicht op drie bijna naakte mannen gericht. Hun donkere gezichten waren wit gemaakt en leken bijna

maskers. Ze voerden een soort rituele dans uit met langzame, intense bewegingen. Peace maakte een paar fantastische foto's van ze.

Soms, als ik met Peace op stap was, kwam hij opeens iemand tegen die hij beslist moest fotograferen, zoals die vrouw in de bloemenwinkel in Rockey Street. Die foto is zo mooi geworden met al die kleuren van die bloemen die ze aan het schikken was en de vrouw die er zelf ook als een exotische bloem uitzag. Maar het meest opvallend was nog de peuter in de open koffer onder de tafel waarop de vaas stond. De vrouw legde uit dat het haar zoon Kiepie was, die de hele dag in die koffer moest blijven zitten, omdat ze geen oppas kon betalen en ze niemand anders had die voor hem kon zorgen als zij aan het werk was.

Peace besteedde er altijd heel veel zorg aan om precies het goede beeld te krijgen. Een beeld van verschillende mensen die heel verschillende soorten werk deden. Van de foto's die hij nam, maakte hij krachtige schetsen. Soms was het een heel onverwacht beeld, zoals die oude, vrouwelijke taxichauffeur die 's nachts werkte, of de ex-bokser op zijn driewieler bij de Emmarentia Dam, die ijs verkocht aan een menigte schreeuwende kinderen.

Ik vond het heerlijk om toe te kijken als Peace aan het werk was. Zijn handen, de manier waarop hij het penseel of de houtskool vasthield en de manier waarop hij van het ene deel van het beeld naar het andere ging, op het eerste gezicht willekeurig, maar altijd heel zelfverzekerd. En ik vond het heerlijk om naar zijn gezicht te kijken, de manier waarop zijn gezicht van uitdrukking veranderde als hij van het ene figuur naar het andere ging.

Ik merkte dat ik steeds vaker bij Peace was. Ik ging zo vaak mogelijk naar hem toe onder het mom van hem helpen, maar eigenlijk vooral omdat ik zo graag bij hem was.

Natuurlijk zag ik daardoor Paul steeds minder. Ik zei tegen hem dat ik het druk had met mijn eindexamen, wat wel waar was. Maar ik ging wel af en toe naar zijn huis voor een *braai*, een barbecue. Het was echt heerlijk om in tuinstoelen om de vijver met goudvissen te zitten en heerlijke steaks en worst te eten. De sfeer werd alleen wel een beetje bedorven door het feit dat Fana in zijn kleine kamertje vlakbij voor zijn leven vocht. Pauls ouders dachten er zelfs over om de barbecue in de voortuin te zetten, die lang niet zo beschut lag.

Uiteindelijk hoefden ze de barbecue niet te verplaatsen, want Fana bleek aids te hebben. Hij was het zelf absoluut niet met die diagnose eens en zei dat hij een longontsteking had en dat hij snel weer zou opknappen. Maar de ouders van Paul lieten hem uit de kamer in de achtertuin halen en in een vervallen ziekenhuis bij Germiston opnemen. Daarna hebben ze de kamer laten ontsmetten in afwachting van de nieuwe tuinman die ze nu moesten gaan aannemen.

Nadat hij in het ziekenhuis was beland, ging Fana's toestand snel achteruit. Binnen een maand stierf hij. Hij bleek geen lid te zijn van de een of andere begrafenisvereniging, dus er ontstond enige verwarring over wat er geregeld moest worden. Zijn broers in Zimbabwe werden op de hoogte gebracht en die stonden erop dat Fana's lichaam terug naar Zimbabwe zou komen om begraven te worden. Maar het zou duizenden rand kosten om het lichaam te vervoeren en ze verwachtten dat de ouders van Paul dat zouden betalen. Pauls ouders wilden niet zoveel geld uitgeven. Uiteindelijk werd er een compromis bereikt. De broers van Fana betaalden de ene helft en de ouders van Paul de andere.

Zijn lichaam werd opgehaald bij een gebouw in Hillbrow waar de begrafenisonderneming een kamertje had. Paul en zijn ouders waren er en nog een handjevol andere mensen die zongen terwijl de goedkope kist naar buiten werd gedragen. Toen kwam er een taxi met aanhanger aangereden. De kist werd op de aanhanger gezet, zonder ijs of welke koeling dan ook, en daar ging hij dan, twaalfhonderd kilometer in de zinderende hitte naar de noordgrens van Zuid-Afrika, naar zijn dorp in Zimbabwe.

Veel later hoorde Paul dat Fana's broers ook weigerden te geloven dat hij aan aids was gestorven. Ze waren ervan overtuigd dat hij was vergiftigd in de *City of Gold*, in Johannesburg, de stad van het goud.

## 17

## Clint Eastwood

Peace had nog nooit een blanke vriendin gehad. Af en toen was ik bang dat dat mijn voornaamste aantrekkingskracht voor hem was. Maar we konden het zo goed met elkaar vinden, dat ik algauw besefte dat ik me zorgen maakte om niets. Ik ontdekte dat we overal over konden praten. We hadden allebei een broer met problemen. De zijne stal onder bedreiging auto's van mensen en de mijne was aan het afkicken van een verslaving aan crack. Zijn vader was overleden toen Peace een kleine jongen was. De mijne was ervandoor gegaan toen ik net de tienerleeftijd had bereikt. Hij zat op de kunstacademie. Ik wilde graag naar de kunstacademie als mijn moeder het kon betalen.

Nadat ik het met Paul had uitgemaakt, trokken Peace en ik er veel samen op uit. We gingen vaak naar Tandoor's en naar Drop Dead en soms naar het Times Square waar hij me voorstelde aan vrienden van hem. De vriend die ik het best leerde kennen, was Jaboe, die koerier was op een advocatenkantoor. Hij hoopte zich op de een af andere manier op te kunnen werken tot vennoot op dat kantoor. Het leek mij wel een heel erg lange weg, maar Jaboe was heel toegewijd en ervan overtuigd dat hij het uiteindelijk zou halen.

Peace hield veel van jazzmuziek, dus zaten we vaak op zijn kamer en luisterden naar zijn cd's. Dat waren heerlijke tijden. Toen hoorden we dat Moses Molelekwa zou optreden in Bassline in Melville. Het was fantastisch. Ik had nog nooit iemand zulke klanken uit een piano horen toveren. Opgetogen gingen we terug naar de flat van Peace, stapelverliefd op elkaar. Die nacht hebben we elkaar teder voor het eerst de liefde verklaard en van elkaars intimiteit genoten. Ik vond het heerlijk zijn lichaam tegen het mijne te voelen en beantwoordde zijn kussen hartstochtelijk.

Peace kwam ook een paar keer bij ons thuis en ik was blij te zien dat Ma hem echt graag mocht. Dat was maar goed ook, want onze relatie betekende alles voor me. Hoewel ik voor mijn eindexamen zat en me moest concentreren op mijn studie, vond ik toch nog de tijd om bijna dagelijks naar Peace te gaan en van zijn liefkozingen te genieten.

Ik vertelde hem heel veel over mezelf. Over de boerderij in Mpumalanga waar ik was opgegroeid, over hoe ik mijn broer altijd zo cool vond, over de docenten op onze school, over hoe ik Jay, Thuli en Sindizwe had ontmoet.

'Jullie meiden zijn me het viertal wel,' zei hij. 'Ik wil nooit tussen jullie vriendschap komen.'

'Zo werkt het niet,' zei ik. 'Zelfs al zouden we allemaal onze eigen kant op gaan, we zullen altijd hartsvriendinnen blijven.'

En toen heb ik hem verteld over de mooie avond waarop we onze eed hadden afgelegd, op blote voeten in het kaarslicht.

Peace glimlachte. Hij vertelde me dat hij nog nooit zo'n lange vriendschap met iemand had gehad. Zelfs Jaboe, met wie hij heel graag optrok, had hij pas leren kennen toen hij in Yeoville kwam wonen.

Thuli, Jay en Sindizwe waren ook aan het leren voor het examen. Om medicijnen te kunnen gaan studeren, moest Thuli met heel hoge cijfers slagen. Ik wist dat ze dat zonder veel inspanning kon halen, maar ze nam geen risico. Ze werkte heel erg hard. We zagen elkaar eigenlijk alleen op schooldagen. Toch vond Thuli nog tijd om erover na te denken hoe we financiële steun moesten krijgen voor ons muurschildering-project. Ze stelde een brief op waarin ze de doelstelling van de muurschildering uitlegde: 'om een verwaarloosde muur te verfraaien door deze te beschilderen met de mensen van alle rassen die hebben samengewerkt om een nieuw Zuid-Afrika te creëren'. Het was een brief met veel overredingskracht en ze wist zeker dat als het eerste bedrijf eenmaal een bedrag had toegezegd, we andere bedrijven makkelijker ook zover zouden krijgen. Ze schreef ook naar de huisbaas van Valmar Court en gebruikte dezelfde overtuigende woorden. Net als wij had ze absoluut geen vertrouwen in de posterijen. Je brief verstuurd krijgen was net zo'n gok als een zes gooien met een dobbelsteen. De andere vijf keren zou die brief waarschijnlijk belanden bij een stapel brieven in een vuilnisbak, zodat de een of andere postbode ergens vroeg naar huis kon gaan en geen last zou hebben van zijn zware tas. Ze wachtte tot haar ouders weer naar Sandton City gingen voor hun maandelijkse boodschappenrondje. Ze vroeg hun toen haar mee te nemen en om te rijden langs het huis van de huisbaas, zodat ze de brief zelf in zijn brievenbus kon doen.

De examens kwamen en gingen weer voorbij. Ik wist zeker dat ik geslaagd was, maar was er minder zeker van of ik goede cijfers had gehaald. Na het laatste examen liepen Thuli, Jay, Sindizwe en ik in opgewonden stemming door Yeoville toen we Eric en een andere jongen over straat zagen lopen, richting hoek Rockey Street en Raymond Street. Toen ze dichterbij kwamen, zag ik dat die andere jongen Eké was.

Op die hoek hangen altijd drugdealers rond. Ze vallen vaak auto's lastig, of voorbijgangers, maar als je beleefd blijft, kun je ze meestal wel afpoeieren. Als je je zelfbeheersing verliest, of tegen ze gaat schelden, dan worden die gasten echt link.

Er waren twee dealers; de een zat op een groot vat en de andere, die een blauwe muts op zijn hoofd had, hing op de achterbak van een auto. Het idiote was dat de gast op het vat Eric en Eké aanhield en ze drugs aanbood. Ik kon mijn ogen niet geloven! Die jongens waren pas elf en tien! Mijn bloed kookte. Ik stak over en rende naar ze toe om ze mee te nemen. Maar ik was wel doodsbang.

Maar Sindizwe was sneller van begrip en was er eerder dan ik. Ze liep recht op die dealer af en zwaaide met haar opgeheven vinger vlak voor zijn gezicht! Ik dacht dat hij haar meteen volledig in elkaar zou slaan. Maar ze keek hem strak aan met die woeste ogen van haar en ik hoorde haar zeggen: 'Ik waarschuw je, broer! Deze jongens zijn nog veel te jong! Hoor je me? Als je ze nog een keer drugs probeert te geven, ben je er geweest. Je bent er niet alleen geweest, maar je voorouders zullen je in stukken verscheuren en je aan de hyena's voeren!'

Hierna sloeg Sindizwe haar armen om Eric en Eké heen.

'Kom op, we gaan!'

Thuli trok Jay uit een deuropening waar ze zich had verscholen. Ze sprak een paar kalmerende woorden en stak haar arm door die van Jay.

Eric en Eké waren op weg naar de videowinkel om een tekenfilm te huren. We brachten ze erheen en zeiden dat ze een andere weg terug naar huis moesten nemen en voortaan niet meer langs die beruchte hoek moesten lopen.

Pas nadat mijn hartslag weer een beetje normaal was geworden, realiseerde ik me opeens: Hé, Eké! Hij liep met één kruk! Dat was zeker voor het eerst dat hij zo ver had gelopen!

Begin december haalden Ma, Eric en ik Nico op uit Sterkfontein. Hij kwam eindelijk weer thuis. Ma had speciaal voor de gelegenheid Nico's lievelingstaart gebakken. Hij zei niets over zijn opgeruimde kamer. Hij was vooral blij dat hij uit het gekkenhuis weg was.

Ik moet toegeven dat hij wel een beetje stil was, waarschijnlijk door de medicijnen, maar los daarvan was het heerlijk om hem terug te hebben en wel zo dat je met hem kon praten en een zinnig antwoord terug kon krijgen. Terwijl we zo om de tafel zaten en van de taart smulden, bad ik in stilte dat Nico nooit meer drugs zou gebruiken.

Kort daarna vertelde Peace me dat er een feest in Zondi zou zijn, vlak bij het huis van zijn moeder. Ik vroeg hem of het voor een blank meisje veilig zou zijn in Soweto. Hij zei dat hij me niet gevraagd zou hebben als hij dacht dat het risico groter zou zijn dan voor iemand anders.

'Maar hoe groot is het risico voor iemand anders?' vroeg ik.

'Het leven zelf is een risico,' zei hij. 'Maar ik denk dat je het echt leuk zult vinden.'

'En Sindizwe, Jay en Thuli?'

'Ja, die moeten zeker ook komen.'

Ik had natuurlijk ook naar het feest kunnen gaan zonder het aan Ma te vertellen. Dan zou ze zich geen zorgen hebben gemaakt. Maar ik dacht: nee, kom op, zeg haar waar je heen gaat, geen gelieg of gedraai.

'Maar lieverd, dat is zo gevaarlijk.'

'Peace zegt dat het daar niet gevaarlijker is dan in Yeoville in het weekend.'

'Nou, dat stelt me helemaal niet gerust.'

'Ma, Peace is bij me. Hij zorgt voor me. Ik wil erheen.'

Ma had me er echt niet van kunnen weerhouden om te gaan, en dat wist ze.

'Wees wel heel voorzichtig, dat is alles,' zei ze.

Thuli verbaasde ons door te zeggen dat ze heel graag naar het feest toe wilde. Maar het was moeilijker om haar ouders over te halen. Ze weigerden pertinent haar toestemming te geven. Omdat ze allebei in een *township*, een zwarte woonstad, waren opgegroeid, wilden ze er nu vandaan blijven. Sterker nog, ze wilden niet dat Thuli daar ooit een voet binnen zou zetten. Maar Thuli bleef aandringen en zei dat zelfs ik ging. Uiteindelijk onthulde Bobo, haar

oudere zus, dat ook zij naar feesten in Soweto was geweest: dat hoorde nu gewoon bij het nieuwe leven voor jonge Zuid-Afrikanen. Met veel tegenzin stemden Thuli's ouders toen maar toe.
Jay daarentegen kon het niet aan haar moeder vragen uit angst dat het haar ziek zou maken. En ze was er zelf ook niet zo happig op om naar Soweto te gaan.
'Niemand van ons zou daarheen moeten gaan. Het is te gevaarlijk. Er kan wel van alles gebeuren. Het is het risico niet waard.'
We wisten allemaal hoe dol Jay was op feesten en dansen, maar haar angst was groter dan haar verlangen om met ons mee te gaan. Sindizwe vroeg niet eens om toestemming. Ze verzon simpelweg een smoes dat we allemaal naar een feest gingen bij een rijk meisje in Randburg en dat iedereen bleef slapen na het feest.
Dus stapten wij drieën en Peace laat in de middag in de oude brik van Jaboe. We reden over de snelweg naar het zuiden terwijl het late zonlicht de bergen mijnafval aan beide kanten verlichtte. Het was voor het eerst dat ik naar Soweto ging.
Het eerste deel van de avond brachten we bij de moeder van Peace door. Jaboe wist hoe hij moest rijden, want hij was er al meerdere keren geweest. Er stond een smeedijzeren hek voor haar huis en bijna meteen toen we daar doorheen waren, voelde ik me op mijn gemak. De moeder van Peace was een heel warm mens en ze maakte dat we ons allemaal welkom voelden.
'Dus jij bent het meisje waar Peace het over heeft gehad,' zei ze tegen mij met een brede glimlach.
Daarna begroette ze mijn vriendinnen en zei dat ze alles had gehoord over de wonderbaarlijke ervaring van Sindizwe. Ze was makkelijk om mee te praten. Ze was zo'n vrouw die het vermogen heeft om belang te stellen in alles wat je zegt. Hoe meer ze praatte, hoe duidelijker het was hoe trots ze was op de prestaties van Peace.
'Het is nog steeds mijn kleine jongetje,' zei ze terwijl ze Peace

omhelsde, 'ook al zit hij nu op de academie. Dit is de goede zoon. Mijn andere zoon, ach, ach! Ik weet niet hoe het kan dat ze allebei uit dezelfde baarmoeder zijn gekomen. Die andere zoon is afschuwelijk.'
Ze bood ons sinaasappelsap en koekjes aan.
'Zitten jullie nog op school?'
Ze kletste ongeveer een uur lang met Thuli, Sindizwe en mij, terwijl Peace en Jaboe met Edward kletsten, een buschauffeur met een zachte stem die onlangs met de moeder van Peace was getrouwd.
'Jullie moeten allemaal nog eens komen,' zei ze toen het tijd werd om op te stappen.
We stapten naar buiten in de warme avondlucht en hoorden het vibrerende ritme van *kwaito*, Zuid-Afrikaanse dansmuziek, en hip-hop uit een straat verderop. Toen we dichterbij kwamen, zag ik dat de weg was afgezet met oranje plastic tape. Er hingen heel veel jonge mensen rond. Ze dronken, rookten, praatten en dansten. Het was het drukst bij de tent met een gestreept dak die de gastheer voor het feest had opgezet.
Het duurde niet lang of Peace en Jaboe kwamen vrienden en kennissen tegen. Ze stelden mij, Sindizwe en Thuli voor aan iedereen die ze kenden. Ik zag geen andere blanke meisjes. Er hing een echte feeststemming. Veel meisjes hadden zich flink opgetut en droegen nieuwe kleren en dure Italiaanse schoenen, maar Sindizwe, die er stralend uitzag, trok toch meer aandacht dan de meeste andere meisjes. Tegen middernacht was de menigte nog behoorlijk veel groter geworden en dansten we allemaal op het aanstekelijke ritme van TKZee, M'Du en Skeem.
Het was een neem-je-eigen-drank-mee feest, maar er werden met een winkelwagentje nieuwe voorraden gehaald bij de dichtstbijzijnde *shebeen*, een drankwinkel annex kroeg. Bier, cognac en coca-cola vloeiden in overvloed. De meeste meisjes dronken Hunter's

Gold Cider. Er werden een paar joints gerold en die gingen van hand tot hand. Thuli leek wat van haar remmingen kwijt te zijn en had het naar haar zin. Ze lachte en danste vrolijk mee.

Om ongeveer half drie 's nachts ontstond er een schermutseling. Iemand had kennelijk bier gemorst op iemand anders, of per ongeluk het bier van die andere persoon omgegooid. Hoe dan ook, het werd akelig. Ik zag een kerel zich heel breed maken en dreigen dat hij die andere vent zou vermoorden als hij niet onmiddellijk zijn excuses aanbood. De arme knul zei meerdere keren dat het hem speet, maar die grote, zware vent deed net of hij het niet hoorde. Uiteindelijk zat die knul op zijn knieën en smeekte hem om genade. De treiteraar schoot in de lach en zei tegen hem: 'Rot maar gauw op en blijf voortaan uit mijn buurt.'

Ik was opgelucht dat er geen bloed had gevloeid, maar tot mijn grote afgrijzen kwam die grote, zware vent met een paar van die maatjes van hem, onze kant uit gelopen. Hij had een zwart overhemd aan en een zwart met zilver vest.

'Yo, hoe gaat-ie, Peace?'

'Hé, man!' antwoordde Peace.

'Hoe gaat het, gozer?' vroeg de gangster.

'Yo, cool,' zei Peace. 'Dit zijn Reena en Sindizwe en Thuli!'

'Hoe is het met jullie, schatjes!'

'Dit is mijn broer Clint.'

'Ja, maar jullie mogen me ook Eastwood noemen als je dat liever doet.'

Clint begon heel hard te lachen om zijn eigen grap. Hij moet hem zeker al een miljoen keer eerder hebben verteld. Hij struikelde. Er zat duidelijk meer alcohol in zijn aderen dan bloed.

'Zo, Sindizwe, waar heb jij je al die tijd verstopt?'

Sindizwe gaf geen antwoord.

'Wil je lekker plezier met me maken, baby?'

Clint probeerde Sindizwe vast te pakken, maar ze schudde hem van zich af. Toen hij het nog een keer probeerde, duwde ze hem weg.

'Kruip maar weer terug in je fles!' zei ze.

Ik rilde toen ik haar hoorde. Dit was geen man die met zich liet spotten.

Tot mijn verbazing schoot Clint weer in de lach.

'Die heeft een grote mond, hè, broertje?' zei hij. 'En je weet wat ze zeggen over vrouwen met een grote mond?'

'Ja, Clint, dat weten we,' antwoordde Peace. 'Hoe gaat het trouwens met de handel in auto's?'

'Het is een goed jaar geweest. Volgens mijn administratie het beste tot nu toe. En de toekomst ziet er zonnig uit. Mijn bankmanager is heel erg blij met mijn plannen voor volgend jaar.'

Een vent met een leren jack kwam naar een van Clints handlangers toe en fluisterde iets in zijn oor. Op zijn beurt fluisterde de handlanger weer iets in Clints oor.

'Oké, ik moet jullie helaas verlaten. Sindizwe, het was me een waar genoegen. Helaas kan ik niet blijven. En, weet je, ik ben niet altijd zo dronken. Oké, broertje, zorg goed voor deze bijzondere dames. Als iemand jullie lastigvalt, vanavond, of wanneer dan ook, dan kom je me gewoon opzoeken en dan zorg ik dat ze een flink toontje lager gaan zingen. Daar zijn broers voor, nietwaar?'

Hij draaide zich om en slenterde met al het vertoon dat hij nog kon opbrengen naar een meisje in een heel strakke spijkerbroek en hoge hakken. Zijn handlangers volgden hem en ik slaakte een zucht van verlichting.

Ik begon moe te worden en wilde graag naar huis, maar de anderen, ook Thuli, wilden nog even blijven. Het duurde nog ongeveer een uur of twee voor Jaboe ons terugreed naar Yeoville, net op tijd om de vogels de nieuwe dag te horen begroeten. Ik belde Ma om ongeveer half negen op om haar te laten weten dat alles goed was met me. En toen bleven we met zijn allen slapen in de flat van Peace.

## 18

### Het noorden

Toen Nico drie weken thuis was, vond hij het goed dat Pa kwam om hem te zien. We spraken af op nieuwjaarsdag.
Op de afgesproken tijd parkeerde er een rode pick-up truck voor ons flatgebouw. Het Fort Knox logo stond erop. Dat zag eruit als een kruising tussen een gevangenis en een kasteel uit de verhalen van Koning Arthur.
Toen Pa Nico zag, stak hij zijn hand uit om hem de hand te schudden, maar toen hij dichterbij kwam, trok hij Nico tegen zich aan en omhelsde hem. Ik kon de gezichten van allebei zien. De tranen stonden in mijn vaders ogen. De uitdrukking van mijn broer zweefde tussen opgelatenheid en spanning. Hij wapende zich tegen de omarming.
'Jezus, man, het is fijn je weer te zien,' zei Pa.
Toen Nico niets zei, ging Pa verder.
'Ik heb gehoord dat je het moeilijk hebt gehad, pas. Ik moet wel zeggen dat je er goed uit ziet.'
'Jij ook,' zei Nico, de woorden eruit persend.
'Ja, het gaat goed met me. Mag niet klagen. De zaken gaan fantastisch. Hé, we moeten de tijd nemen elkaar weer te leren kennen. Ik weet zeker dat dat lukt. Verzoening en zo.'
'En de waarheid dan?' vroeg Nico.
'Hoe bedoel je?'
'Waarheid en verzoening,' legde Nico uit. 'Het gaat om twee dingen.

De waarheid van het verleden. Over hoe je mij behandelde toen ik klein was.'
'Oké, misschien was ik een hardvochtige vader. Maar we hadden toch ook een hartstikke goede tijd?'
Nico gaf geen antwoord.
'Nou ja, we kunnen het in ieder geval proberen,' zei Pa. 'Ik ben heel erg veranderd. Vraag maar aan je moeder.'
Ma zei: 'Misschien,' en vroeg toen of er iemand koffie wilde.
Het gesprek ging een tijdje door en al die tijd bleef Pa aardig tegen Nico en Nico verdween niet naar zijn kamer. Het was een ervaring die me optimistisch stemde voor het nieuwe jaar.
Net voor Pa wegging, feliciteerde hij me met het halen van mijn eindexamen.
'Bedankt,' zei ik.
'Hier,' zei hij en gaf me een envelop. 'Dit is voor jou.'
Toen ik die envelop later openmaakte, vond ik een briefje waarin de hoop werd uitgesproken dat ik naar de kunstacademie zou gaan. Onder het briefje stond: van je liefhebbende vader. Behalve het briefje zat er een dikke cheque in die ruim genoeg was voor het collegegeld, vervoer, boeken en andere spullen die ik nodig zou hebben.
Ik was sprakeloos. Ik moet wel toegeven dat mijn eerste gedachte was: Probeert hij me om te kopen? Mijn tweede gedachte was: Wow, nu kan ik naar de kunstacademie!
Ik had het bij het examen niet zo slecht gedaan als ik had gedacht. Datzelfde gold voor Jay. Jay dacht dat ze het had verknald, maar ze was met redelijke cijfers geslaagd. Thuli had het fantastisch gedaan, maar dat hadden we ook niet anders verwacht. Nu kon ze haar droom in vervulling laten gaan. De enige die ons verbaasde, was Sindizwe. Ze was heel intelligent, maar was onverwacht met de hakken over de sloot voor de meeste vakken geslaagd, behalve geschiedenis, waarvoor ze was gezakt en dat ze over moest doen.

Zelf denk ik dat ze te veel andere dingen aan haar hoofd had.
Ze was naar een advocaat geweest om te praten over haar situatie en tot mijn verbazing was ze ook hard bezig geweest om haar echte moeder op te sporen, of in ieder geval uit te zoeken wat er al die jaren geleden met haar was gebeurd.

'Zodra het kan, ga ik op mezelf wonen,' zei ze. 'Ik heb hier met de O'Connors over gesproken.'

Ze noemde haar adoptie-ouders nu 'de O'Connors' of 'mevrouw en meneer O'Connor'. Het klonk mij vreemd in de oren, maar ze wilde maar één ding: haar eigen achternaam weer gebruiken.

Ze was ook bezig geweest met de uitwerking van haar plannen voor ons muurschildering-project. Na het feest in Zondi had ze voorgesteld om er een enorm straatfeest van te maken.

'Laten we een geluidsinstallatie huren en muziek draaien. We kunnen een enorme *braai* organiseren en iedereen uit de buurt uitnodigen mee te komen eten. Dan kopen we ladingen kwasten zodat iedereen aan de muur kan werken.'

'Dat is een leuk idee,' zei ik, 'maar de muurschildering mag geen rotzooitje worden.'

Toen ik het met Peace besprak, was hij er zeker van dat we de contouren van tevoren konden uitzetten en de andere mensen de kleuren laten invullen, net als een schilderij dat je maakt door alle genummerde gedeelten in te kleuren. Hij liet me afbeeldingen zien van muren die waren geschilderd door Diego Rivera, de Mexicaanse muurschilder: mooie, heldere composities in een eenvoudige, realistische stijl.

'Zijn muurschilderingen hadden ook een maatschappelijk thema, net als de onze,' legde Peace uit. 'Weet je, ik wil alle oude stereotypen doorbreken.'

Een paar dagen na het bezoek van Pa, hoorde ik Nico uitgaan. Ik maakte me altijd zorgen als hij wegging, maar je kon natuurlijk ook niet van hem verwachten dat hij altijd thuis zou blijven. Maar deze keer had ik een vreemd voorgevoel. Waarschijnlijk omdat hij de vierentwintig uur daarvoor zo rusteloos en opgewonden had geleken. Hij kwam om middernacht thuis en bezwoer ons dat hij nog steeds clean was, dat hij alleen maar met een paar vrienden iets was gaan drinken. Het ging een dag of twee goed, en toen herhaalde het hele scenario zich, met inbegrip van het feit dat hij op zijn leven zwoer dat hij geen drug had aangeraakt.

Ik had er een vreemd gevoel over. Ik wist dat hij loog. Een week later bleef hij tot vijf uur 's ochtends weg. Hij gaf toe een beetje coke te hebben gebruikt, maar een heel klein beetje maar; hij zou het spul niet meer aanraken. De volgende dag was hij er weer vandoor. Ik kon het idee dat alles weer opnieuw zou gaan beginnen, niet verdragen.

Ik hoorde Ma over de telefoon tegen Pa zeggen dat Nico weer crack gebruikte. Ik zag niet hoe Pa Nico kon veranderen. Maar Pa dacht daar anders over. De volgende ochtend stond hij voor de deur.

'Kom op,' zei hij, 'ik heb een verrassing voor jullie allemaal. Stap maar in het *bakkie*.'

Nico lag op zijn bed en beschermde zijn ogen tegen het licht dat door de deur binnenkwam die Pa openhield.

'Waarom moeten we opeens ergens heen met jou?' vroeg Nico.

'Dit is belangrijk, joh!' zei Pa. 'Ik wil jullie iets laten zien dat aantoont hoeveel ik ben veranderd. Ik heb er twee maanden aan gewerkt en nu is het klaar.'

'Ik blijf hier,' kreunde Nico.

Ma liep Nico's kamer binnen.

'Geef je vader een kans.'

Nico gaf toe en we reden weg nadat hij zich had aangekleed. Het was voor het eerst in ik weet niet hoeveel jaar dat we met Pa meegingen. Hij was in een opperbest humeur. We reden op de snelweg,

passeerden Atholl en sloegen daarna voorbij Sandton City af naar Morningside. We reden door een hele mooie laan met aan beide kanten bomen en prachtige, door architecten ontworpen huizen.
'Waar gaan we heen?' vroeg Eric.
'Naar het paradijs,' antwoordde Pa. 'Is het hier niet mooi?'
Aan het eind van de laan draaiden we een zijstraat in, maar werden tegengehouden door een slagboom die de doorgang verder versperde. Naast de slagboom stond een kleine hut waaruit een man in uniform stapte. Het Fort Knox logo stond trots op zijn borst.
'O, hallo, meneer!'
'Hallo, Richard. Alles rustig?'
'Ja, meneer.'
'Mooi. Dit is mijn gezin.'
'Leuk, meneer.'
Hij deed de slagboom omhoog en Pa reed door. Hij glom van trots. Ik vroeg me af of hij ons helemaal hierheen had gebracht om ons dat te laten zien.
'We zijn er,' zei hij.
Hij richtte zijn afstandsbediening op het hek van een huis met een heel hoge muur ervoor. Bovenop de muur waren drie lagen elektrisch prikkeldraad te zien. Op de paal naast het hek stond het Fort Knox logo met de woorden: 'gewapende bewaking, dag en nacht'. Het hek gleed elegant open. Pa reed naar binnen. De voortuin bij het huis bestond uit een gazon dat zo glad en strak was als een biljartlaken. Het moderne huis bestond uit één verdieping, maar had verschillende niveaus.
'Welkom in jullie nieuwe huis!'
Ma draaide zich naar Pa.
'Het is prachtig, Dirk, maar haal je nog niets in je hoofd.'
Pa deed de voordeur open en zette het alarmsysteem af. Dat systeem was natuurlijk een Fort Knox systeem. Op de tafel in de hal stond een vaas met, ja, je raadt het al: rode rozen!

De vloer was van hout. Het was er zo cool en elegant.
'Je moet je wel bedenken dat het nog niet af is. En ik heb er alleen maar een paar basismeubelen ingezet,' legde Pa uit, 'want ik wil dat jullie allemaal zelf uitkiezen wat je wilt hebben.'
We liepen door het huis en kregen van Pa allerlei uitleg.
'Dit is de keuken. Oven op ooghoogte. Ventilator. Allerlei verschillende kastruimtes. En dit is de eetkamer, met doorgeefluik naar de keuken. Dit is de woonkamer. Met een prachtig uitzicht op de achtertuin en glazen schuifdeuren die op het terras uitkomen. Kijk eens! Jullie eigen zwembad! En kijk eens naar het hek om het hele huis. Top beveiliging. Dit zijn twee bediendenkamers met eigen badkamer en toilet. Zo, we gaan weer naar binnen en de slaapkamers bekijken. Overigens zijn er alarmknoppen in iedere kamer. Rechtstreeks verbonden met onze bewapende mensen. Dit is jouw kamer, Reena. Ik hoop dat je de kleur mooi vindt. Maar als je liever een andere kleur hebt, hoef je het alleen maar te zeggen. Dat geldt ook voor jou, Eric. Hier is jouw kamer. En er is een heel goede middelbare school hier in de buurt. Nu door deze gang. Ik dacht dat dit een goede kamer voor jou zou zijn, Nico. Hij is ruim en je hebt hier veel privacy. Dit is de oudersslaapkamer met bijbehorende badkamer. En dat is dan het hele huis. Nee, natuurlijk niet, kom nog even naar de logeerkamer kijken. Die ligt aan de andere kant van het huis. Hier. Kijk eens, Moppie. Dit leek me wel een goede naaikamer voor jou. Lekker fris.'

## 19

### De begrafenis

Uiteindelijk nam de huisbaas contact met ons op en gaf ons toestemming de muurschildering te maken, mits hij het ontwerp van tevoren kon bekijken en kon beoordelen of het geschikt was. We waren verbaasd dat hij nog zoveel belangstelling toonde. Hij had nooit de behoefte gevoeld de patronen van de afbladderende verf goed te keuren die de afgelopen jaren op die muur te zien waren geweest.
De huisbaas gaf dan wel zijn toestemming, hij gaf maar een schijntje geld om bij te dragen in de kosten. Maar Thuli had veel werk verricht. De winkels en de mensen uit de buurt reageerden heel goed op haar oproep en hadden aardig wat geld ter beschikking gesteld. Het leek veel tot je ging uitrekenen wat je allemaal nodig had. Alleen de verf al was heel duur, omdat we minstens tien tot twaalf kleuren nodig hadden. We moesten ook ladders en steigers huren om bij het hoogste gedeelte van de muur te kunnen komen.
We hadden een dag geprikt voor het maken van de muurschildering. Het zou op een zondag aan het eind van januari gebeuren. De steigers moesten drie dagen daarvoor worden opgebouwd, zodat Peace en ik de contouren konden uitzetten die vervolgens ingekleurd moesten worden.
Ons bezoek aan het noorden was zowel opwindend als verwarrend geweest. Pa deed me denken aan het mannetje van de wevervogel, die enorm veel energie stopt in het weven van lange sprieten gras

om een tak, het geheel samenwevend tot een prachtig nest waarmee hij een vrouwtje kon lokken.
Maar Ma was niet zo happig, hoewel ze zich wel volledig bewust was van de voordelen die Pa ons bood. Ze zei tegen me dat ze haar samenwerking met Ramilla waarschijnlijk voort zou zetten, zelfs op die afstand, omdat ze die samenwerking niet wilde missen. Ze zou zelf graag het geweld achter zich laten. Maar ze kon niet beslissen of het nu goed zou zijn voor Nico of juist niet om te verhuizen en zo ver verwijderd te zijn van zijn vrienden. Of zou hij dan doordraaien en weglopen naar zijn maatjes? Dan zouden we alle contact met hem verliezen.
Maar het geval wilde dat hij alweer aan de drugs was voor we zelfs ook maar verhuisd waren. Het ging nu veel sneller bergafwaarts met hem dan de eerste keer. Hij had het voordeel dat hij uit ervaring wist hoe het in elkaar zat en waar hij moest zijn en met deze kennis kon hij met een noodgang afdalen in die afgrond van genot en angst.
Zijn paranoia kwam ook al snel weer terug.
'Het vergif van de Schorpioen is dodelijk. Het is met me gedaan. Niemand kan me nog redden!'
Zijn ogen stonden diep in hun kassen, donkere schaduwen eromheen. Hij verwaarloosde zich, zodat er heel snel een vreemde stank uit zijn kamer kwam. Deze keer was hij niet aan het rommelen met veren of kiezelsteentjes. En zijn oog viel niet op de glinstering van aluminiumfolie. In plaats daarvan had hij een dode duif meegebracht.
Dat wisten we in het begin niet, omdat we de enorme stank die uit zijn kamer kwam niet konden thuisbrengen. Toen Ma ontdekte waar die stank vandaan kwam – uit zijn kast, gewikkeld in een spijkerjasje – was ze radeloos.
'We moeten hem weer laten opnemen,' zei ze.
Ze moet Pa over Nico hebben verteld, want hij stond opeens weer

voor de deur. Nico was niet thuis. Hij was nu al een paar dagen weg.

'Snap het dan,' zei hij, 'als jullie allemaal bij mij zouden komen wonen, zou Nico uit de buurt zijn van al die drugs.'

'Maar hij moet er wel zelf van af willen komen,' zei Ma. 'En hij moet leren ze te weerstaan. Dat zal niet makkelijk zijn, waar hij ook woont.'

We zaten allemaal over Nico te praten toen Peace langskwam.

'Pa, dit is mijn vriend,' zei ik.

Pa verslikte zich bijna in zijn koffie.

'O,' stamelde hij, 'hallo!'

'Leuk kennis met u te maken,' zei Peace.

We gingen samen op de bank zitten en hielden elkaars hand vast. Mijn vader deed zijn uiterste best om niet naar die twee brutale wezens te kijken die hun verschillende huidskleuren zo verstrengeld hadden.

Peace was cool. Vriendelijk hield hij het gesprek gaande tot ik zei dat we uitgingen.

De volgende dag belde Pa op en vroeg of hij mij kon spreken.

'Ik weet dat we vandaag de dag aardig tegen ze moeten zijn, met ze moeten samenwerken en met ze moeten omgaan. Maar we hoeven niet, snap je, relaties met ze te hebben.'

'Wie zijn "ze", Pa?' vroeg ik.

Hij ratelde maar door over het gevaar van seks met zwarte mensen en aids en God weet wat nog meer. Voor mij was één ding heel duidelijk: hij was helemaal niet veranderd. En ik zou nooit, maar dan ook nooit, bij hem gaan wonen.

Ik was heel vaak bij Peace en soms gingen Jay, Thuli, Sindizwe en ik er met zijn vieren naartoe. Peace leek het niet erg te vinden, zo'n invasie van vrouwen.

'O, het zijn de meiden van de blote voeten!' zei hij hartelijk. 'Kom binnen en vrolijk mijn middag een beetje op!'

We waren uren bezig met het indelen van Peace's afbeeldingen van werkende mensen en combineerden ze op verschillende manieren. Peace plaatste de afbeeldingen in verschillende geometrische vlakken, afgezet met sterke, ritmische motieven. Ondanks onze verschillende voorkeuren, kregen we het uiteindelijk wel voor elkaar om een lay-out te maken die er heel goed uitzag.

Op weg naar huis die avond, was Jay boos op me omdat ik Peace had verteld hoe wij vieren een eed hadden afgelegd.

'Ik dacht niet dat dat kwaad kon,' legde ik uit. 'Ik heb geen geheimen voor hem.'

'Nou, ik vind dat je het recht niet had,' mopperde Jay.

'Sorry,' zei ik, hoewel ik het niet echt meende.

'Als jullie samen zijn,' voegde Jay eraan toe, 'zien jullie niemand van ons meer.'

Dat vond ik niet erg eerlijk, vooral omdat we de meeste middagen met zijn vijven hadden samengewerkt. Maar misschien was het wel waar bij andere gelegenheden.

'Hou op, Jay,' zei Thuli en maakte een eind aan het gesprek. 'Je kunt Reena er niet van weerhouden een relatie te hebben.'

Mijn vriendinnen waren niet de enigen die gemengde gevoelens hadden over het feit dat Peace en ik samen waren. We staken een keer arm in arm de straat over, helemaal opgaand in elkaar, toen een paar zwarte jongens in een auto net deden of ze ons gingen overrijden. Ze bezorgden ons de schrik van ons leven. Een van de passagiers spuugde naar ons door een open raam. Ze scholden Peace uit omdat hij een blanke vriendin had.

'Stelletje idioten!' was het commentaar van Peace later.

Een paar dagen voor we de muurschildering zouden gaan maken, stond Peace buiten adem voor onze deur. Ik zag onmiddellijk dat er iets akeligs was gebeurd.

'Wat is er?'

'Mijn broer. Clint.'

'Wat is er met hem?'
'Hij is vermoord.'
'O, nee!' riep ik uit.
Jaboe was die ochtend bij Peace langs geweest met het afschuwelijke nieuws. Hij had net een vriend uit Zondi gesproken en die had hem verteld dat Clint de avond daarvoor was vermoord.
'Weet je hoe het is gebeurd?' vroeg ik.
'Nee, maar die jongen had Jaboe wel verteld dat het bij een autodiefstal was gebeurd, maar de details wist hij niet.'
'O, Peace, wat vreselijk.'
'Ja, nou, ja. Het zat er wel in. Dit hebben we al jaren verwacht. Het was slechts een kwestie van tijd. Mijn moeder heeft altijd al geweten dat dit zou gebeuren. Ze heeft altijd gezegd dat hij jong zou sterven.'
Ik hield Peace's hand vast en legde mijn hoofd op zijn schouder.
'Ik moet weg!' zei hij. 'Jaboe rijdt me naar huis. Ik bel je nog.'
Later die avond belde hij me op uit Soweto. Hij vertelde me dat Clint bezig was een auto-overval te plegen toen hij werd vermoord. De bestuurder keek Clint door het raam aan en met een enkele beweging had hij een pistool gepakt en recht in Clints gezicht geschoten. Clint had geen tijd om terug te vuren. Hij was op slag dood.
'O, wat vreselijk,' zei ik.
Peace vertelde me dat de begrafenis over twee dagen zou zijn. Ik vroeg hem hoe laat en zei dat ik er zou zijn.
'Je hoeft niet te komen!' zei hij. 'Je hebt hem niet echt gekend.'
'Maar ik ken jou wel,' zei ik. 'En Clint was jouw broer.'
Ik kon alleen maar per taxi gaan. Een taxi naar het centrum van Johannesburg, dan een taxi naar Baragwanath, waar ik meer taxi's bij elkaar heb gezien dan ooit tevoren: er moeten er wel duizend hebben gestaan! En tenslotte nog een taxi naar Zondi.
Er was een kleine bijeenkomst van familie en vrienden in het huis

van de moeder van Peace. Ik betuigde haar mijn deelneming. Ze was gekleed in een zwarte jurk. Edward droeg een donker kostuum en een das.

'Dank je,' zei ze. 'Weet je, deze tragedie is eigenlijk al jaren geleden gebeurd, toen hij de weg van het kwaad koos. Ik ben al die jaren al in de rouw.'

We volgden de grijze lijkwagen die langzaam de begraafplaats op reed. De begraafplaats was niet ver van het huis van de moeder van Peace en was echt enorm groot. Er stonden een heleboel auto's en bussen geparkeerd op de zanderige velden en overal stonden rouwende mensen. Ik besefte algauw dat ze voor verschillende begrafenissen waren gekomen.

We gingen om een graf staan dat was afgezet met een rood fluwelen gordijn. Er stond een vaas met witte en paarse bloemen aan één kant van het graf. Toen ze de kist in het graf lieten zakken, huilde de moeder van Peace zachtjes in zichzelf. Haar zus sloeg haar arm om haar heen. Ik stond naast Peace, die er heel waardig uitzag.

'Tot stof zult gij wederkeren,' zei de priester. 'Moge de Heer genade hebben met de ziel van de geliefde overledene. En moge Hij troost geven aan de familieleden en vrienden die rouwen om zijn dood.'

Alles leek zo stil. De lucht was blauw, de zon boven ons gloeiend heet. Rouwende mensen deden om de beurt een stap naar voren en gooiden een handjevol aarde op de kist.

Terwijl ik naar de kist staarde, speelden er allerlei gedachten aan Nico door mijn hoofd. Ik wilde niet te lang aan de crisis van iemand anders blijven denken. Het leek harteloos. Maar ik kon het niet helpen. Ik moest wel bidden dat Nico ook niet op zo'n manier, door zijn eigen manier van leven, vroegtijdig zou komen te overlijden.

Opeens werden mijn gedachten onderbroken door het geluid van autobanden die gierend de bocht om kwamen. Ik keek om en zag een witte Toyota met grote snelheid slingerend en slippend de begraafplaats op rijden. Terwijl de auto herhaaldelijk ronddraaide, staken de jonge mannen die erin zaten geweren uit het raam en vuurden in de lucht. Het was een zenuwslopend lawaai.

Toen sprongen ze de auto uit en renden naar ons toe. Ik was verstijfd van angst. Peace pakte me beet en ging voor me staan. Maar ze waren niet voor ons gekomen. Ze liepen meteen door naar het graf en begonnen op de kist te vuren. De ene kogel na de andere drong de kist binnen en ze moeten ook het lichaam zijn binnengedrongen.

Het hout van de kist viel voor onze ogen beetje bij beetje uit elkaar tot het lichaam erin zichtbaar werd. Ik wendde mijn hoofd af. Ik kon het niet aanzien.

Toen het schieten uiteindelijk ophield, schreeuwde één van de mannen: 'Clint was een van ons!'

Ze liepen terug naar de auto en staken hem in brand. Ik hoorde later dat het een gestolen auto was. De auto brandde fel en explodeerde toen de vlammen de benzinetank bereikten. Er steeg een kolom zwarte, zure rook op. Er waren nu ook drie politieagenten aangekomen, maar ze deden niets, bang voor hun leven. De gangsters bespotten hen. 'Waarom gaan jullie niet iets nuttigs doen in plaats van hier te blijven staan?'

Mijn hart ging als een razende tekeer. Ik kon me geen voorstelling maken wat er door de familie van Peace heen moest gaan. Ik vond de verstoring van die gangsters zo'n ontheiliging.

De priester deed zijn best iedereen te troosten.

'Dat gebeurt hier iedere week,' zei hij. 'Het spijt me heel erg dat u zoiets verschrikkelijks moest meemaken.'

Na afloop, bij het verlaten van de begraafplaats, wasten we onze handen, maar het was moeilijk weer naar het normale leven terug te keren. Later, bij de bijeenkomst in een zaal van de kerk, was het heel stil terwijl iedereen probeerde op zijn eigen manier te verwerken wat er was gebeurd. Na de maaltijd vertelde Peace me dat

Clint blijkbaar honderden rand per maand had uitgegeven aan een *muti*, een preparaat van een bekende medicijnman dat hij over zijn lichaam had gesmeerd om te voorkomen dat hij zou worden vermoord.

'De *muti* moest kogels in water veranderen maar was duidelijk niet sterk genoeg,' voegde hij eraan toe.

Ik had al eerder die dag kennisgemaakt met de tante van Peace, maar ik was pas later in de gelegenheid met haar te praten. Ze was fascinerend. Ze was al vanaf dat ze heel jong was lid van het ANC, het Afrikaans Nationaal Congres, de politieke partij die tegen de apartheid had gevochten en de eerste vrije verkiezingen in 1994 had gewonnen. Ze had deelgenomen aan de strijd, was opgeleid in Rusland en moest uit Zuid-Afrika vluchten toen de veiligheidsdienst lucht kreeg van haar activiteiten. Ze had tien jaar in het buitenland gewoond en had, toen ze terugkwam, een regeringsfunctie gekregen. Ze woonde nu in Houghton, in Johannesburg, reed in een BMW, maar bezocht haar zus vaak en hielp haar financieel.

'Het ziet ernaar uit dat de misdaad de oorlog in dit land nu begint te winnen,' zei ze. 'Onze mensen gaan nu door een morele crisis die is veroorzaakt door het immorele apartheidssysteem dat ons heeft verscheurd. Het is niet alleen een kwestie van meer politiemensen, het heeft te maken met het veranderen van hoe de mensen denken.'

De moeder van Peace kwam naar me toe en verontschuldigde zich nogmaals voor wat er op de begraafplaats was gebeurd. Ik zei tegen haar dat dat niet hoefde.

'Ik wilde alleen maar tegen je zeggen dat Peace nooit gewelddadig zal zijn,' zei ze. 'Hij is niet zoals zijn broer. Hij is een en al goedheid.'

'Dat weet ik,' zei ik.

Ze omhelsde me warm.

## 20

## De hel van Hillbrow

Peace en ik hadden niet veel zin om aan de muurschildering te werken, zo kort na de dood van Clint. We besloten toen allemaal om de hele gebeurtenis een paar weken uit te stellen.
Ma had geregeld dat Nico weer kon worden opgenomen in Sterkfontein. Maar op een avond vertrok hij om ongeveer één uur 's nachts van huis en kwam niet terug. De dagen gingen voorbij. We dachten dat hij weer op stap was naar een van de plekken waar hij altijd uithing. Maar toen hij na twee weken nog niet terug was, was Ma zo in paniek dat ze Pa belde en het hem vertelde. Wat kon hij eraan doen? Hij stelde voor dat we de politie zouden bellen en dat hebben we toen ook gedaan, maar we wisten dat die hem niet zou gaan zoeken. In de derde week maakten we ons echt zorgen. Ma was ten einde raad.
Ik zwierf door Yeoville, soms met Sindizwe, Thuli of Jay, soms met Peace, in de hoop dat we een glimp van Nico konden opvangen. Maar hij was van de aardbodem verdwenen. En dat leek ook met Lily het geval te zijn. Misschien waren ze er samen vandoor gegaan. Wanhopig geworden, besloot ik aan de sekswerksters te gaan vragen of zij wisten waar Nico was. Er waren drie meisjes aan het werk en de administrateur zat zijn zwarte boekje na te kijken. Ik sprak de administrateur aan.
'Waar is Lily?'
'Die stomme meid heeft een overdosis genomen. Ze ligt in het ziekenhuis.'

'Willen jullie alsjeblieft opletten of jullie iets van Nico horen?'
Ik zei tegen hem dat ik over een dag of twee terug zou komen om te kijken of hij iets had gehoord.
Toen ik terug liep naar Valmar Court, riep Petrus me.
'Hé, Reena, raad eens!'
'Wat?'
'We hebben een contract getekend!'
'Wie?'
'Onze band heeft een contract gesloten met platenmaatschappij Ghetto-Vibe. We gaan een cd maken.'
'Dat is fantastisch, Petrus!'
'Je moet naar een optreden van ons komen!'
'Ja, dat doe ik zeker,' zei ik.
Drie dagen later zag ik Lily weer aan het werk. Sindizwe, Thuli en ik staken over om met haar te praten. Ze zag er vreselijk uit.
'Hoe gaat het met je?' vroeg ik.
'Ik was bijna dood,' zei ze. 'Ik wou dat het gelukt was.'
'Dat moet je niet zeggen, Lily,' zei ik. 'Je hebt je hele leven nog voor je.'
'Noem je dit leven?'
Sindizwe pakte Lily's hand.
'Je kunt je leven veranderen,' zei ze. 'Dat kun je echt. Je kunt van die drugs afkomen en een nieuw leven beginnen. Als je het wilt, kun je het ook.'
Ik hield heel veel van Sindizwe op zulke momenten. Ze was zo inspirerend. Lily geloofde op dat moment echt dat ze haar leven kon veranderen.
De administrateur, die ons gesprek had gehoord, keek Sindizwe even vernietigend aan.
'Weet jij waar Nico is?' vroeg ik aan Lily. 'We hebben hem nu al bijna drie weken niet meer gezien.'
'Ja, ik weet waar hij is.'

'Echt waar?' zei ik. 'Waar?'
'In het hol van de Schorpioen.'
Ik kreeg het ijskoud. Was Lily ook het slachtoffer van dezelfde paranoia waar Nico zo onder leed?
'Waar is dat?' vroeg ik.
'In de hel van Hillbrow.'
'Waar in Hillbrow?'
'Het Ibis Hotel.'
Ze legde toen uit dat de Schorpioen de Nigeriaanse drugsbaron was aan wie Nico geld schuldig was.
'Hij is hem duizenden rand schuldig. Maar Nico kon hem niet betalen. Dus nu werkt hij voor de Schorpioen.'
Haar woorden drongen langzaam tot me door.
'Als de Schorpioen zijn geld terug zou krijgen, zou hij Nico dan laten gaan?'
Voor Lily antwoord kon geven, had de administrateur iets te vertellen.
'De Schorpioen laat niemand gaan,' zei hij. 'Als hij je steekt, ben je voor de rest van je leven vergiftigd.'
Sindizwe draaide zich om naar de administrateur.
'Maar als je iemand daaruit wilde halen, hoe zou je dat dan moeten doen?'
'Het is te gevaarlijk. Ik ben er vele keren geweest om tegen hem te zeggen dat ik stop met dat hele gedoe. En kijk eens wat er van mij is geworden! Ik was ooit iemand, weet je.'
De administrateur vertelde ons toen vol zelfmedelijden hoe hij uit East London naar Joburg was gekomen. Hij kwam met honderdduizend rand op zijn bankrekening om een fabriek te gaan beginnen. Hij was ingenieur, afgestudeerd aan de Universiteit van Kaapstad. Van een sjieke familie in het oostelijke deel van de Kaap. Zijn ouders waren heel erg kerks. Maar hij verkwanselde de honderdduizend rand aan cocaïne.

'Nu zit ik hier op straat en let op mijn vrouw en de andere meisjes.'
Hij wees naar een van de andere sekswerksters toen hij zijn vrouw noemde. Ze heette Esther en stond daar op haar hoge hakken, schaars gekleed, haar middenrif bloot.
'Zie je dit zwarte boekje? Hier schrijf ik het nummerbord in van iedere auto waar een van de meisjes in stapt. Want dan kunnen we in ieder geval de klant die haar meenam opsporen als ze niet terugkomen.'
Crack verwoest relaties, vertelde hij ons. Hij vroeg zich altijd af of zijn vrouw ergens wat had verstopt en zij was even wantrouwend ten opzichte van hem. Ze konden elkaar niet vertrouwen. Hij had al zeven keer geprobeerd van de crack af te komen. Hij was zelfs uit Joburg weggegaan om te proberen af te kicken in een klein stadje waar geen verdovende middelen waren. Hij kreeg een baan, maar zodra hij weer wat geld had verdiend, kreeg hij de smaak van cocaïne weer in zijn mond en ging hij gauw terug naar Joburg en dan was het erger dan voorheen.
'Je zult verbaasd staan als je weet wie er allemaal verslaafd zijn aan dat spul. Artsen, zakenmensen, mensen uit de regering. Ik ken ze allemaal en sommigen zijn echt geschift. Ze raken alles kwijt: hun zaak, huis, auto, gezin.'
Nico zat in hetzelfde schuitje, zei de man. Hij was in de greep van de Schorpioen. Zelfs al zouden we ons leven wagen als we naar de hel die Hillbrow heette gingen, we zouden hem niet kunnen helpen.
'Maar als we toch zouden gaan,' hield Sindizwe vol, 'wat is dan de beste manier om Nico daaruit te krijgen?'
De man dacht even na.
'Die is er niet.'
Die avond bespraken we onze mogelijkheden. Sindizwe had het gevoel dat de Schorpioen onder vier ogen spreken de enige

manier was om Nico terug te krijgen. Toen dat wilde idee eenmaal bij haar was opgekomen, was ze niet meer te stoppen. Zij voelde zich onkwetsbaar. Maar ik niet. Ik was doodsbang. Maar Nico in de klauwen van de Schorpioen achterlaten was ook geen optie.

Dus luisterde ik naar de verschillende plannen die ze had bedacht. Waar konden we op zo'n korte termijn zoveel geld bij elkaar krijgen? Konden we nog meer informatie bij de administrateur lospeuteren? Zouden we Peace erbij betrekken? Of Thuli?

Ik kon haast niet in slaap komen die nacht. Ik bleef maar voor me zien hoe we in gevaar waren daar in het hol van de Schorpioen. Toen ik uiteindelijk toch in slaap viel, droomde ik onrustig. Ik werd al voor het licht was wakker en kon niet meer slapen. Met maar een paar uurtjes slaap, voelde ik me gespannen en beverig.

Die middag gingen Sindizwe en ik naar Hillbrow. We baanden ons een weg door een massa opdringerige mensen die allemaal hun geld probeerden te verdienen in de donkere schaduw van de hoge gebouwen aan weerszijden van de wegen. Na langs verschillende vervallen hotels te zijn gelopen, kwamen we bij het Ibis Hotel, wat zo mogelijk nog havelozer was dan de andere. Tientallen Nigeriaanse mannen hingen er buiten rond en dronken Star bier. Er stopte een auto op het parkeerterrein van het hotel. De blanke bestuurder overhandigde geld aan een man die vervolgens even verdween. Toen hij terugkwam, gaf hij de man een paar pijpjes. De auto reed weg en de bestuurder stak zijn duim omhoog naar de politie die in het gebied patrouilleerde.

Sindizwe liep naar binnen. Ik aarzelde en draaide me bijna weer om. Ik dacht echt dat we daar nooit meer levend uit zouden komen. Maar ik kon Sindizwe niet alleen naar binnen laten gaan, vooral omdat ze dit allemaal deed voor Nico, die niet eens haar broer was.

We liepen de hotellobby in die er vreselijk smerig uitzag. Er stonden twee mannen met wapens bij de trap. Ik werd misselijk van angst, maar Sindizwe negeerde ze gewoon en liep naar de receptioniste toe.
'We willen de Schorpioen spreken,' zei Sindizwe.
'Waarover?'
'Voor hem werken.'
'Kamer 106,' zei ze en gebaarde ons de trap op, want de lift deed het niet.
We liepen tussen de twee bewakers door, die ons met ijzige blik aanstaarden, en gingen naar de eerste verdieping. De muren van het trappenhuis zaten vol vlekken en viezigheid. Ze waren in geen jaren geschilderd. We klopten op de deur. Die werd opengedaan door een extreem lange man.
'Ja?'
'We willen de Schorpioen spreken.'
Hij dacht even na en liet ons toen binnen. Er was niemand anders in de kamer.
'Wacht hier. Hij komt er zo aan.'
De lange man smeet de deur dicht. Ik was zo bang dat ik beefde alsof ik het koud had. Het enige probleem was dat het warm en benauwd was daar en dat er een ziekelijke lucht hing. De vloerbedekking was smoezelig, de gordijnen goor, de verf op de muren verschoten of zelfs afwezig. De kamer was een soort kantoor met een stoel en een groot bureau dat vol papieren lag.
Na wat wel uren leek te duren, maar niet langer kan zijn geweest dan ongeveer vijftien minuten, kwam er een man van middelbare leeftijd de kamer binnen. Hij droeg een broek en een open hemd met korte mouwen. Hij glimlachte naar ons waardoor we zijn witte tanden zagen en bekeek ons even heel snel alsof we paarden waren die hij wilde kopen. Ik zag hoe zijn ogen lange tijd op Sindizwe bleven rusten. Hij ging op de stoel zitten.

'Wees het lot maar dankbaar dat jullie voor mij komen werken,' zei hij.

De Schorpioen had een rond, engelachtig gezicht. Hij zag er helemaal niet uit zoals ik had verwacht.

'Eigenlijk,' zei Sindizwe, 'komen we daar niet voor. We komen voor Nico.'

De Schorpioen trok zijn wenkbrauwen op.

'Wat heb jullie met dat stuk vuil te maken?'

'Hij is mijn broer,' zei ik. De woorden kwamen over mijn lippen rollen, hoewel ik eerst dacht dat ik niets uit zou kunnen brengen.

'Hij is niemands broer meer.'

'Hoe dan ook,' zei Sindizwe, 'we komen hem halen.'

'Nou, dat is een verrassing,' zei de Schorpioen. 'En als ik zeg dat hij niet weg mag? Wat als ik jullie vertel dat ik zijn ziel heb gekocht?'

'We weten dat hij u geld schuldig is,' zei Sindizwe. 'Dus komen we dat betalen.'

'O ja?' zei de Schorpioen met een glimlach. 'Dat is heel aardig van jullie. Hoeveel hebben jullie bij je?'

'Genoeg,' zei Sindizwe.

'Nou, laat dan maar eens zien!'

'Eerst moet u Nico laten gaan! Dan geven we u het geld.'

De Schorpioen lachte even.

'Niemand onderhandelt met mij!' zei hij. 'Sammi, fouilleer ze allebei!' De lange handlanger kwam op Sindizwe afgelopen en greep haar arm beet. Hij ging voor haar staan en begon haar te fouilleren. Maar Sindizwe reikte zelf in de zak van haar spijkerbroek, haalde er een stapel bankbiljetten uit en duwde hem weg.

De Schorpioen hield zijn hand op en Sindizwe legde het geld erin. Hij telde de bankbiljetten vluchtig.

'Dat is heel goed,' zei hij. 'Maar wat als ik nu eens zeg dat het niet genoeg is?'

'Dat is hij u schuldig.'

De Schorpioen deed een la van het bureau open en gooide het geld erin.
'Hij is mij zijn leven schuldig.'
Sindizwe keek de Schorpioen aan zonder met haar ogen te knipperen.
'Jij denkt dat je zoveel macht hebt,' zei ze, 'maar je zult gauw sterven.'
Ik voelde een vreselijke paniek opkomen bij die woorden. Het engelachtige gezicht van de Schorpioen werd opeens heel dreigend.
'Bedreig je me? Of spreek je een vloek over me uit? Je moet het leven moe zijn!'
'Geen van beide,' antwoordde Sindizwe. 'Het is gewoon een feit. Ik kan zien dat je niet gezond bent.'
De Schorpioen was even van zijn stuk gebracht.
'Je hart is slecht. Als je geen medische hulp krijgt, zul je spoedig sterven.'
Sindizwes ogen schoten vuur. Ze zag er woest genoeg uit om de waarheid te spreken. Het stalen gezicht van de Schorpioen leek ineen te schrompelen.
'En ga naar een echte hartspecialist, niet naar een medicijnman!' voegde Sindizwe eraan toe. 'Oké, we hebben Nico's schuld betaald. Waar is hij?'
Voor de Schorpioen antwoord kon geven, knalde de deur open en kwam een jonge vent met een zwart honkbalpetje achterstevoren op, de kamer in gedenderd, gevolgd door twee andere handlangers van de Schorpioen.
'Kom hier!'
De Schorpioen reikte onder zijn arm en trok een revolver die hij rechtstreeks op het voorhoofd van de jongen richtte.
'Deze keer,' zei hij, 'krijg je een lesje dat je nooit meer zult vergeten!'
De man smeekte hem zijn leven te sparen.
'Het was een vergissing! Ik meende het niet!'

Plotseling leek de Schorpioen zich bewust te worden van het feit dat Sindizwe en ik nog in die kamer waren.
'Verdwijn!' zei hij.
Ik kreeg knikkende knieën van angst. Maar Sindizwe liet zich niet afschrikken. Ze zei tegen de Schorpioen. 'We willen Nico hebben!' Hij keek Sindizwe aan. Haar ogen schoten vuur en waren strak op hem gericht. Hij gebaarde naar Sammi dat hij ons uit de kamer moest verwijderen.
'Als Nico met jullie mee wil, is het oké. Maar als hij ooit terugkomt, is hij van mij.'
We volgden Sammi twee trappen op en een smerige gang door. Hij deed de deur van een van de kamers open en we keken naar binnen. Een naakt stel had seks op het bed.
'Verkeerde kamer,' zei Sammi.
In de volgende kamer zaten zo'n zes tot zeven mensen rond te hangen. Er zaten een paar een pijp te roken en een van hen kookte wat cocaïne in een glazen pot.
In de derde kamer troffen we Nico aan. Ik herkende hem nauwelijks. Hij was een schim van zichzelf. Hij leek ons ook niet te herkennen. Ik denk dat wij wel de laatsten waren die hij daar verwachtte. We legden hem uit dat zijn schuld aan de Schorpioen was afbetaald en dat we hem mee naar huis namen.
'Hij laat me afmaken als ik wegga,' zei Nico.
'Nee,' ze ik. 'Je mocht weg van hem.'
'Is dat zo, Sammi?' vroeg hij.
Sammi knikte.
'Ik ben bang om weg te gaan,' zei Nico zielig.
'Je mag weg,' zei Sammi.
Nico kwam wankelend overeind en liep in een waas naar ons toe. Hij moest op ons leunen om de trap af te kunnen komen. Toen we op de eerste verdieping kwamen hoorden we zielig gesteun en gejank. De jonge man met de honkbalpet achterstevoren op, werd

uit de kamer van de Schorpioen gedragen, de gang in. Zijn kleren waren doordrenkt van het bloed en zijn armen hingen onnatuurlijk slap langs zijn lichaam.

Sammi liep met ons mee naar de begane grond. Toen we langsliepen, staarden de bewakers ons met hun koude, dode ogen aan.

'Daag, Sammi!' lispelde Nico.

'Wanneer ben je weer terug?' vroeg Sammi.

'Nooit,' antwoordde ik voor Nico.

Sammi barstte in ongelovig lachen uit.

## 21

## Saamhorigheid

Peace was ontzettend ongerust toen hij hoorde waar Sindizwe en ik waren geweest.
'Waarom heb je het niet tegen me gezegd!'
'Je had me nooit laten gaan.'
'Dat kun je wel zeggen, ja! Je moet wel gek zijn om het hoofdkantoor van de duivel binnen te lopen. Maar goed, ik ben blij je weer springlevend terug te zien.'
Ik nestelde me in zijn armen. Hij hield me vast alsof hij me nooit meer wilde laten gaan.
'Maar als Sindizwe er niet bij was geweest, had Nico daar nog steeds vastgezeten.'
'Ja, maar je moet me beloven dat je nooit meer zoiets gevaarlijks doet. Laat je niet door dat meisje in de problemen brengen!'
Drie dagen voor ons straatfeest werd de steiger opgebouwd. We hadden het ontwerp voor de muurschildering al in vlakken verdeeld. Het eerste wat we nu moesten gaan doen, was de muur in vlakken verdelen door er spijkertjes in te slaan en die met touwtjes aan elkaar te verbinden. Daarna kwam het uittekenen van de contouren van iedere afbeelding op het bijbehorende vlak van de muur met houtskool. Het was zo fantastisch om zo'n enorm oppervlak te hebben om op te werken. Ik tekende de afbeeldingen gewoon na, terwijl Peace ze tot leven riep op de muur door ze met krachtige motieven aan elkaar te verbinden. Het was bijzonder om

te zien hoe de enorme figuren hun eigen persoonlijkheid kregen. Tegen de avond van de derde dag was het ontwerp opgezet.

Op de dag van de muurschildering was het prachtig weer. De menigte mensen werd steeds groter. We begonnen met veertig verfkwasten, dus zoveel mensen konden er tegelijkertijd aan werken, maar sommige mensen moeten hun eigen verfkwast hebben gehaald, zodat ze ook mee konden doen. Het was echt heel bijzonder! In het begin konden de mensen kiezen aan welk figuur ze wilden werken, maar naarmate de tijd verstreek en er steeds meer mensen bij kwamen, was het makkelijker om ze gewoon het werk van iemand over te laten nemen die even wilde stoppen.

Peace had de leiding over het hele project. Hij was constant bezig met het mengen van de weerbestendige verf om nieuwe kleuren te maken. Aan iedereen legde hij uit welke gedeelte ze aan het doen waren en welke kleur ze moesten gebruiken. Hij had zijn uiteindelijke ontwerp gefotokopieerd en in stukjes verdeeld zodat iedereen daar vanaf kon werken. Hij sprong van de ene schilder naar de andere, moedigde iedereen aan en hielp met gezichten en andere moeilijke onderdelen.

De jongere en soepelere mensen klommen de steiger op, de ouderen en zwakkeren werkten liever op de begane grond. Met zoveel mensen leek het net een scène uit een film over een bijbels verhaal. Langzaam maar zeker werden de uitgezette figuren ingevuld met heldere kleuren en zag de muur er totaal anders uit.

Tegen lunchtijd stonden er twee grote barbecues met vlees. Wij voorzagen mensen van frisdrank, salade en watermeloen, en de mensen brachten zelf bier en cider mee. Geholpen door mevrouw Rubin en Joesoef, had mijn moeder de leiding over alles wat met eten te maken had en ze zorgde ervoor dat iedereen genoeg had. Er hing zo'n feestelijke sfeer. Al onze buren kwamen de hele dag door. Madame Butterfly bracht het grootste deel van de middag door met het schilderen van de afbeelding van een verpleegster die een patiënt verzorgde. Claude en Benna waren ook enthousiast bezig. Zij waren echt heel blij dat er iets aan de graffiti werd gedaan. Hoewel we oorspronkelijk over alle graffiti heen hadden willen schilderen, besloot Peace opeens het woord 'Simunye' niet over te schilderen. Hij haalde de zwarte letters zelfs op met heldere kleuren zodat het woord eruit sprong.

Mijn broertje Eric en zijn vriendje Eké hadden het ontzettend naar hun zin met het schilderen van de schoenen van de vuilnisman. Tot ze er genoeg van kregen en elkaar om het gebouw heen achterna gingen zitten. Het was zo'n fantastisch gezicht om Eké te zien rennen, ook al was het met een kruk.

De ouders van Thuli en haar zus Bobo kwamen ook meedoen. En de moeder van Jay, die zich voor het eerst sinds weken buiten waagde. Meneer Andropoulos en zijn zoon Theo kwamen om de beurt, want ze moesten de winkel op zondag wel openhouden. Maar de sekswerksters klapten hun parasol die hele dag in. Lily, Esther en de andere meisjes, leefden zich helemaal uit op het schilderen. Zelfs hun administrateur kwam helpen. Hij was helemaal alleen verantwoordelijk voor de saxofoon en deed enorm zijn best op de kleppen van het instrument. Jay schilderde het grootste deel van een balletdanser, maar toen het steeds heter werd, stapte ze van de steiger om erop toe te zien dat iedereen iets te drinken had. Lily voegde zich bij Sindizwe en later bij Thuli. Ze kletsten met elkaar terwijl ze schilderden. Thuli had veel tijd besteed aan een onderzoek naar verschillende centra waar hulp werd geboden aan meisjes die als prostituée op straat werkten. Ze had zich in het onderwerp verdiept en had een centrum gevonden in Berea dat Intombi Shelter heette, een opvanghuis voor meisjes die het slachtoffer waren van prostitutie. Het was een veilige plek waar ze konden blijven en zich konden voorbereiden op een andere terugkeer in de maatschappij. De meisjes daar kregen therapie en professionele hulpverlening om hun eigen leven weer te kunnen gaan leiden. Lily was heel erg opgewonden toen ze hiervan hoorde, maar Thuli zei wel dat ze alleen meisjes wilden die een afkickprogramma hadden doorlopen. Lily wilde dolgraag. Thuli zei tegen haar dat ze voor haar zou regelen dat ze die week het centrum kon gaan bekijken.

Toen ik naar Thuli en Lily liep om wat te kletsen, hadden ze het net over het feit dat Lily seksueel misbruikt was als jong meisje. Thuli luisterde met zoveel gevoel en hielp Lily uitdrukking te geven aan haar pijn. Het was echt opvallend zoals Thuli Lily haar verhaal liet vertellen. Er stonden tranen in Thuli's ogen toen ze Lily troostte. Ze zei dat ze echt kon begrijpen hoe Lily zich voelde, omdat ze zelf lastig was gevallen door een oom toen ze klein was.

Ik was stomverbaasd. Al die jaren had ik dat niet geweten van Thuli en hier stond ze stilletjes het verhaal te vertellen van de avances die haar oom had gemaakt en hoe haar ouders het hadden ontdekt en hem hadden verboden ooit nog een stap in hun huis te zetten. Haar vader had zelfs gedreigd die oom te vermoorden, maar Thuli's moeder had hem ervan weerhouden, want ze wilde niet dat haar man de gevangenis zou ingaan voor moord. Daarom waren ze naar Yeoville verhuisd.

Ik keek naar Thuli en voelde hoeveel ik van haar hield. Ik moest haar even stevig omhelzen. Ze was zo'n steunpilaar.

Thuli had alle mensen uitgenodigd die geld hadden gegeven voor het project en de meesten kwamen ook. Voorbijgangers hielden stil en deden mee. Het gerucht dat er iets gaande was in Isipingo Street verspreidde zich en tegen de middag waren er letterlijk honderden mensen aan het schilderen of hadden het gewoon naar hun zin.

De enigen die niet kwamen, waren de O'Connors, die het hele gebeuren vanaf hun veranda volgden en Nico, die weer in Sterkfontein zat. Ik vond het zo jammer dat hij er niet bij was. Ik weet zeker dat hij het fantastisch zou hebben gevonden.

In de middag kwam er een Indiase jongen opdagen die op zoek was naar Jay. Ze stelde hem aan ons voor; hij heette Danny. Ze had hem op een familiefeest ontmoet en sinds die tijd gingen ze samen uit. Jay's moeder was dolgelukkig! Zelfs al was hij heel modern gekleed en een fan van de Springbok Nude Girls, een plaatselijke popgroep, hij kwam tenminste uit een Hindoe-familie! Ik zag dat Jay in zijn bijzijn geen vlees at van de barbecue. Ze was zeker weer vegetariër geworden!

Ik had de camera van Peace geleend en maakte foto's van het hele feest. Als ik zelf bezig was met schilderen, liet ik Eric en Eké met de camera werken. De foto's waren behoorlijk goed gelukt en een paar weken na het schilder-straatfeest heb ik foto's aan mensen gegeven als herinnering. Er kwam een fotograaf van de North East Tribune die foto's maakte van Sindizwe, Thuli, Jay en mij. Ik wilde Peace ook op de foto hebben, maar de fotograaf wilde een aparte foto van hem, want hij was de belangrijkste kunstenaar. De volgende dag verschenen die foto's van ons in de krant met een heel positief artikel over gemeenschapszin.

's Ochtends draaiden we muziek op een installatie die we hadden gehuurd. Laat in de middag kwam Petrus met zijn band langs. Ze brachten enorme speakers mee en al snel klonk daar een stevig ritme uit. Ze waren hartstikke goed! Geen wonder dat hun muziek al op een radiostation werd gedraaid.

Na de hele dag hard te hebben gewerkt, ging iedereen aan het dansen en feesten tot diep in de nacht, nog lang nadat het te donker was geworden om te schilderen. We raakten door ons eten en drinken heen, maar Peace en Jaboe reden naar de winkels en kwamen terug met meer. Iedereen was heel vrolijk en nam ook nog de moeite ons te bedanken en hun waardering uit te spreken.

## 22

## Afscheid

De dag na het straatfeest gingen Peace en ik vroeg kijken hoe de muurschildering was geworden. Hij zag er waanzinnig gaaf uit. Maar toen we van dichterbij keken, zagen we stukken die nog niet perfect waren. Peace stond erop die stukken bij te werken en wat nuancering en textuur aan te brengen. Hij en ik waren er tot de avond mee bezig voor we tevreden waren.
Toen werd de steiger weggehaald. Eindelijk konden we de hele muurschildering zien zonder mensen of een steiger ervoor. Wat een verrassing! Fenomenaal! De muurschildering was veel groter en kleuriger dan ik me had voorgesteld. Je kon hem al van een paar blokken flats verderop zien. De mensen die hadden meegedaan aan het project, kwamen terug om het resultaat te bekijken. Mensen die nergens van wisten, kwamen plotseling uit het niets opdagen om te zien waar al die commotie om was. Iedereen, maar dan ook iedereen, was onder de indruk van het resultaat. Al die afbeeldingen van mensen die aan het werk waren, gaven met elkaar gecombineerd een inspirerend effect, in de traditie van de Mexicaanse muurschilders, maar dan met een typisch vleugje Zuid-Afrika. Kleur en gevoel spetterde van het hele ontwerp af.
Sindizwe, Jay en Thuli waren ook ondersteboven van de schoonheid ervan. 'Fantastisch,' zei Jay. 'Deze straat zag er altijd zo saai uit. Maar nu is het zo levendig geworden!'
'Het is echt een kunstwerk,' zei Thuli.

'Zo kun je zien dat een paar mensen heel veel kunnen bereiken,' verkondigde Sindizwe. 'We moeten meer van zulke dingen doen voor de gemeenschap.'

Maar onze plannen om meer muurschilderingen te maken moesten worden uitgesteld omdat Thuli met haar studie medicijnen begon. Ze genoot van haar studie maar moest er wel al haar tijd en energie aan geven. 'Arts worden,' zei ze tegen me, 'is mijn manier om iets voor de gemeenschap te doen.'

Hoewel ik het geld dat Pa me had gegeven om naar de kunstacademie te kunnen gaan had gebruikt om Nico's schuld af te betalen, heb ik me toch opgegeven. Ik ging drie avonden per week als serveerster in een club werken om mijn opleiding te kunnen betalen. En Peace en ik besloten samen te gaan wonen. We waren nu lang genoeg bij elkaar om te weten dat we graag meer tijd samen wilden doorbrengen. Het was een moeilijke beslissing voor me. Niet het bij Peace gaan wonen, maar uit huis weggaan. Mijn moeder achterlaten met de zorg om Nico.

Ik verhuisde naar de flat van Peace en ik had er een goed gevoel bij. Ik had weinig vrije tijd om Sindizwe te zien en ze liet me in duidelijke termen weten dat ze teleurgesteld was dat ik niet bereid was om deel te nemen aan andere acties.

'Ik dacht dat het schilderen van die muur pas het begin was,' zei ze tegen me. 'Ik dacht niet dat je het zo druk zou krijgen met je eigen leven dat je andere mensen zou vergeten.'

'Dat is niet waar!' antwoordde ik. 'Ik voel me betrokken bij de mensen, maar op mijn eigen manier.'

Volgens mij was haar prikkelbaarheid gewoon een reactie op het feit dat ik bij Peace ging wonen. Misschien was ze toch jaloers op de liefde die Peace en ik voor elkaar hadden ontdekt. Of schoot ik toch tekort? Misschien zat het gewoon niet in me om net zo toegewijd te zijn als Sindizwe.

Toen ik eenmaal uit Valmar Court was getrokken, had mijn moeder alle vrijheid om te beslissen of ze zou gaan verhuizen naar dat mooie, beveiligde huis dat uitnodigend op haar stond te wachten in de noordelijke buitenwijken. Ik had haar al een tijd geleden verteld dat ik daar nooit zou gaan wonen omdat Pa een racist was en ik van Peace hield. Dus nu ik eenmaal het huis uit was, kon ze, als ze dat wilde, gaan genieten van de luxe in de noordelijke buitenwijken.

Ze slingerde heen en weer tussen dan de ene beslissing, dan de andere. Het ene moment vertelde ze me dat ze uiteindelijk had besloten in het huis van Pa te gaan wonen. Het volgende moment zei ze dat ze beslist bleef zitten waar ze zat, omdat dat het beste was voor Nico.

Toen Nico uit het ziekenhuis kwam en weer bij Ma en Eric in Valmar Court ging wonen, nam ze uiteindelijk een beslissing. Ze bleef in Yeoville. Het was klaarhelder voor haar dat Nico meer kans had om te herstellen als hij Pa niet had om zich zorgen over te maken. En ze wilde dichter bij mij en Peace blijven.

Toen ze het aan Pa vertelde, ontstond er een vreselijke toestand. Hij zei tegen haar dat ze hem voor niets had aangemoedigd en dat het hem veel geld had gekost. Ma ontkende beslist dat ze hem had aangemoedigd. Na die ruzie belde Pa haar niet meer en stuurde haar ook geen rozen meer.

Nico deed zijn uiterste best om van zijn verslaving af te komen. Hij is een hele tijd clean gebleven, maar onlangs vertelde Ma me dat ze hem ervan verdacht weer te gebruiken.

Kort nadat ik bij Peace was gaan wonen, vertelde Jay ons dat ze ging emigreren.

'Mijn vader heeft een baan in Mauritius. Ik zal jullie allemaal zo missen. En Danny. Hij zegt dat hij me komt opzoeken, maar ik moet het nog zien. Mijn moeder is zo opgewonden, kun je het je voorstellen? We vertrekken volgende week.'

Toen ik dat hoorde, besloot ik Jay, Thuli en Sindizwe bij mij uit te nodigen om nog één keer met zijn vieren te eten. Peace ging die avond met Jaboe uit, zodat we die laatste keer met zijn vieren konden zijn. Sindizwe kwam en zag er nog bezielder uit dan anders. Ik stak een paar kaarsen aan bij het eten en in dat kaarslicht dachten we terug aan al die mooie momenten die we met elkaar hadden meegemaakt. Het was net als vroeger: we deelden elkaars gevoelens, maakten grapjes en hadden veel plezier. De sfeer tussen ons vieren was hartelijk en warm. In de loop van de avond vertelde Sindizwe ons dat ze ook ging verhuizen. Ze ging in een huis wonen bij de watertoren van Yeoville, samen met andere jonge mensen. We waren heel erg blij voor haar. Ze vertelde ons ook in vertrouwen dat ze contact had met vrouwen die een radicale groepering gingen vormen die zich op guerrillatactieken ging toeleggen. Het was nogal huiveringwekkend om Sindizwe zo over de richting te horen vertellen die ze in wilde slaan. Maar het was nu wel duidelijk dat geen van ons met haar mee zou gaan doen.

Toen het tijd werd om te gaan, vielen er tranen toen we allemaal afscheid namen van Jay. We wensten haar het beste en zeiden dat we haar vreselijk zouden missen.

'Maak je geen zorgen, ik schrijf jullie allemaal lange, saaie brieven. En jullie moeten terugschrijven!'

We hebben haar omhelsd. Ook al verhuisde ze naar een ander land, we wisten dat we altijd hartsvriendinnen zouden blijven.

Twee maanden later ontving ik inderdaad een brief van haar waarin ze beschreef hoe mooi Mauritius was, hoe knap de mannen waren en dat het er zo vredig was dat meisjes gewoon in hun eentje konden gaan en staan waar ze wilden.

Toen we dat afscheidsdineetje voor Jay hadden, had ik er geen idee van hoe weinig we Sindizwe daarna nog zouden zien. Ze was erg bezig met haar nieuwe vrienden. Op een keer gingen Thuli en ik haar opzoeken in dat huis bij de watertoren, maar op de een of andere manier was alles anders. Ze wilde eigenlijk niet over haar activiteiten praten.

Via de kranten raadde ik wat er aan de hand was. Af en toe stonden er artikelen in de krant over een anonieme groepering die zich de *Radical Grrls*, de Radicale Meiden, noemde. Een man die zijn vrouw het leven onmogelijk had gemaakt, was naakt aan een straatlantaarn vastgebonden toen hij stomdronken was. Op een kaart die om zijn nek hing, stond: 'man die vrouwen mishandelt'. Later ontdekte ik dat het Ram was, de oude buurman van Jay, degene die zijn vrouw had geterroriseerd. Er was ook een campagne *Grrls Against Guns*, Meiden tegen Wapens, die nogal opviel door de rode slogans die druipend als bloed op bruggen, autowegen en de ruiten van leegstaande winkels waren geschilderd.

Op een keer kwam ik in een muziekwinkel een pamflet tegen van de Radical Grrls. Er stond een lijst in met alle namen van de vele hotels die werden gerund door drugskartels en de politie en de overheid werden aangespoord er meteen iets aan te doen. Toen ik dat las, stond mijn haar recht overeind. Ik bedacht me dat Sindizwe betrokken kon zijn geweest bij het opstellen van dat pamflet en ik moet zeggen dat ik me zorgen maakte om haar.

Kort daarna kwam Thuli langs. We zagen elkaar zo vaak we konden, meestal als ze vakantie had van haar studie. Ze was wanhopig.

'Sindizwe is verdwenen!'

'Wat?'

'Ik wilde net even bij haar langsgaan, maar ze was weg! De mensen in dat huis hebben me verteld dat ze al drie weken vermist werd. Ze ging op een avond weg en is nooit meer teruggekomen. Al haar bezittingen liggen nog in haar kamer.'

'O, wat vreselijk!'

Ik voelde me afschuwelijk. Alsof er in mijn binnenste een sirene gilde. Deze keer wist ik gewoon dat Sindizwe in de problemen zat. Grote problemen.

'Wat denk je dat er met haar is gebeurd?'
'Ik weet het niet,' antwoordde Thuli. 'Maar de O'Connors zijn op de hoogte gebracht en de politie ook.'
Thuli en ik probeerden wanhopig haar te helpen vinden. Maar waar moesten we beginnen? We gingen praten met de mensen in het huis waar ze woonde en probeerden vast te stellen of een van hen bij de Radical Grrls hoorde of iets van zo'n groepering wist. Maar niemand leek te weten waar we het over hadden en iedereen ontkende dat Sindizwe bij zulke activiteiten was betrokken. Het enige dat ze wilden erkennen was dat Sindizwe heel vaak alleen wegging en soms tot diep in de nacht wegbleef. Maar ze dachten dat ze gewoon naar clubs was geweest.
Thuli en ik bedachten dat we waarschijnlijk de enigen waren die vermoedden dat Sindizwe betrokken zou kunnen zijn bij een geheime organisatie, maar zelfs wij hadden geen bewijs. We hebben een dag of twee geaarzeld voor we besloten dat we alles wat we wisten aan de politie zouden vertellen.
Er gingen weken en maanden voorbij. Het politieonderzoek leverde niets op. Peace probeerde ons te helpen de Radical Grrls op te sporen, maar we kwamen geen steek verder. De persoonlijke oproepen die Thuli en ik in de kranten plaatsten, werden nooit beantwoord. We konden slechts gissen wat er met Sindizwe gebeurd zou kunnen zijn. We hoopten allemaal dat ze nog leefde, dat ze misschien ergens was ondergedoken. Maar we vreesden het ergste.
Thuli en ik hebben een verdrietige brief aan Jay geschreven waarin we de situatie uitlegden.
Er ging eerst één jaar voorbij en toen twee. We hebben nooit meer iets van Sindizwe gehoord.

GRAFISCH PAPIER — ANDELST